U0033940

讚！

日文初學 20堂課

從五十音進擊日文

1

甘英熙 • 三浦昌代 • 佐伯勝弘 •
佐久間司朗 • 青木浩之 ◎著
關亭薇 ◎譯

MP3

寂天雲 APP

如何下載 MP3 音檔

❶ 寂天雲 APP 聆聽：掃描書上 QR Code 下載「寂天雲 - 英日語學習隨身聽」APP。加入會員後，用 APP 內建掃描器再次掃描書上 QR Code，即可使用 APP 聆聽音檔。

❷ 官網下載音檔：請上「寂天閱讀網」（www.icosmos.com.tw），註冊會員／登入後，搜尋本書，進入本書頁面，點選「MP3 下載」下載音檔，存於電腦等其他播放器聆聽使用。

序言

日語中因為有漢字，所以華文圈的學習者學起日文佔有相當的優勢。另外在發音上，雖然站在音韻學的角度上，日語發音被歸類在不同的體系，更有一些中文中沒有的發音，但是日語中幾個重要的發音，並不會讓台灣的學習者感到困難。

本教材以循序漸進的方式引導讀者學習為宗旨，設計詳細的學習步驟。

本書先從五十音假名學習開始，先是一一介紹假名的發音、筆順、單字，接著確實說明介紹拗音、促音、長音，還有提醒讀者常被忽略的日文特殊音。完整介紹完假名之後，再進入句型會話內容。

全書採用日本教科書使用的「**教科書字體**」，讓讀者做正確的書寫練習。避免造成學習者受到不同日文字形的混淆，連基本的日文假名都寫不好。進入到句型會話後，本書再搭配各式的活潑練習題，加深學習印象。

像這樣一步步慢慢打好學習基礎的立意，或許引起讀者「難以符合進階學習」的質疑。但是我們編者群認為一本好的初級日文學習書，重點不在於書裡地羅列所有的文法，而是先將相對**容易理解，以及便於活用的內容**加以納入書中，引導學習者快樂學習並獲得成就感，如此才能繼續學習下去。

我們不希望學習者在初期階段就遭遇困難的高牆，對日文失去興趣而半途而廢。編者群真心期盼學習者們能因為本教材而產生「日語真的既簡單又有趣」的想法。

學習外語就像一段漫長的旅行，我們通常難以一次備齊所有的旅行用品。同樣的道理，即便是極為優秀的教材也難以面面俱到。本教材為首次展開日語學習之旅的各位，提供了滿滿的必學重點，同時在細心編排之下，有效避免學習者遭遇失敗。

只要與本書一同踏上日語學習之旅，保證絕對不會讓你停滯不前、走冤枉路。希望本書能對學習日語的各位有所幫助，也期盼各位都能獲得良好的學習成效！

編者群　致

目錄

本書的架構與特色

第一課到第三課學習日語的假名和發音，以及基本問候語。
透過此過程建立紮實的基礎後，開始進入文法與會話的學習。第四課以後的課程架構如下：

1. 單元介紹
本課的標題，並簡單介紹本課的重點學習內容。

2. 單字表
列出課文新出現單字。

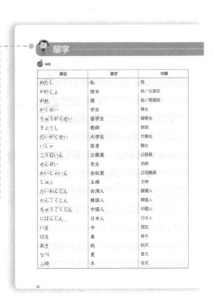

3. 會話
集合本課學習精華的會話本文。請先挑戰閱讀，並試著掌握文意。學習完所有文法規則後，再重新挑戰一次，自我檢視進步程度。

4. 學習重點
將本課必學的文法分類後逐一列出，並特別在各個文法下方提供大量例句，有助強化學習者的理解能力與學習動機。

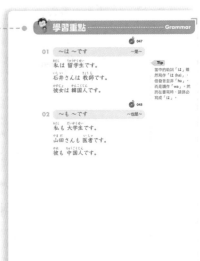

5. 練習

熟悉「學習重點」的內容後，練習「填空完成句子」等題目，將重點精華內容消化後變成自己的東西。

6. 會話練習

依照提示回答問題，學習者可以根據情境自由回答。學習者可以在課堂內自行轉換成各式情境，提升學習的實境參與感。

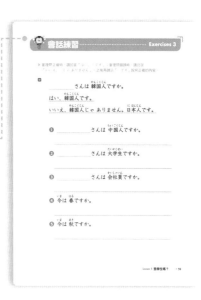

7. 應用練習

提供問句和答句，讓學習者可以自由選擇練習提問和回答。學習者可以聯想各種不同的情境，並挑戰應用新學會的用法，過程中將大大提升學習的成就感。

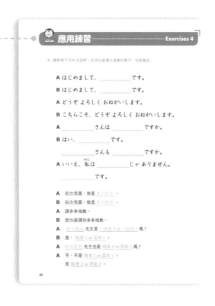

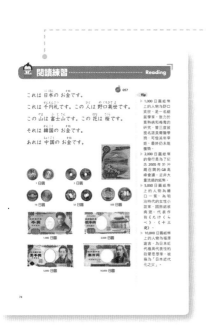

8. 閱讀練習

將本課的學習重點彙整成幾個較長的句子，在閱讀與理解的過程中，加深學習印象。請測試自己是否能完美解析每個句子，同時挑戰是否可以在發音毫無錯誤的狀況下，一口氣從頭讀到尾，兩者皆能提升學習成效。

9. 造句練習

將提示的中文句子翻譯成日語的練習。這與口說練習有同等的學習效果，附加在「閱讀練習」後方，作為各課最後的綜合應用練習時間。

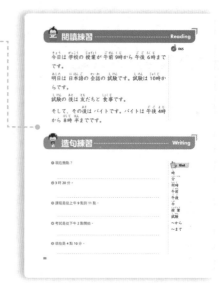

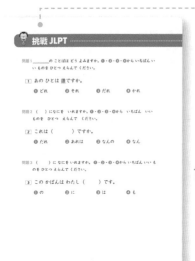

10. 挑戰 JLPT！

提供各類日語考試中會出現的題型，不僅可以檢測自己的學習成效，還能熟悉日本語能力試驗中出現的題型，期待達到一箭雙鵰的效果。

＊生活詞彙

提供與本課相關的基本詞彙，並附上圖片。

＊日本文化探訪

提供文化基本資訊和相關照片，期盼學習者更加了解日本。語言和文化可説是相輔相成，了解日本文化將有助於提升日語的能力。

平假名和發音 1

point

【平假名】

日文句子是由「平假名」、「片假名」、「漢字」這三種文字所組成，當中最廣泛使用的是表音文字「平假名」，因此請在第一課中熟悉它的基本發音。「平假名」和「片假名」合稱為「假名」，由「假名」的基本發音整理而成的表稱為 50 音表。

請先學習當中的 46 個平假名。

平假名 50 音

將日語中最常使用的「平假名」依序排列成「平假名 50 音表」，請確認並熟悉各「行」與各「段」。查字典時，也請依照此排序查詢。

  001

	あ段	い段	う段	え段	お段
あ行	あ [a]	い [i]	う [u]	え [e]	お [o]
か行	か [ka]	き [ki]	く [ku]	け [ke]	こ [ko]
さ行	さ [sa]	し [shi]	す [su]	せ [se]	そ [so]
た行	た [ta]	ち [chi]	つ [tsu]	て [te]	と [to]
な行	な [na]	に [ni]	ぬ [nu]	ね [ne]	の [no]
は行	は [ha]	ひ [hi]	ふ [fu]	へ [he]	ほ [ho]
ま行	ま [ma]	み [mi]	む [mu]	め [me]	も [mo]
や行	や [ya]		ゆ [yu]		よ [yo]
ら行	ら [ra]	り [ri]	る [ru]	れ [re]	ろ [ro]
わ行	わ [wa]				を [o]
ん	ん [N]				

平假名的字源 ···

「平假名」是由漢字的草書演化而成，古代時使用漢字來標記發音，稱作
「萬葉假名」，隨著「萬葉假名」的書寫逐漸簡化後，演變成現在的平假名
（例：太→た）。與片假名相比，平假名的特色是書寫上較多曲線、線條較
為柔和。

あ	安	い	以	う	宇	え	衣	お	於
か	加	き	幾	く	久	け	計	こ	己
さ	左	し	之	す	寸	せ	世	そ	曽
た	太	ち	知	つ	川	て	天	と	止
な	奈	に	仁	ぬ	奴	ね	祢	の	乃
は	波	ひ	比	ふ	不	へ	部	ほ	保
ま	末	み	美	む	武	め	女	も	毛
や	也			ゆ	由			よ	与
ら	良	り	利	る	留	れ	礼	ろ	呂
わ	和	(ゐ	為)			(ゑ	恵)	を	遠
ん	无								

平假名──清音

あ

日語分成五種母音「a/i/u/e/o」；請注意「a/i/u/e/o」不同於英文發音。

 002

あ [a]	い [i]	う [u]	え [e]	お [o]
あい [ai]	いえ [ie]	うえ [ue]	えい [ei]	あお [ao]
愛	家	上面	英（國）	藍色

字母練習

あ	い	う	え	お
あ あ	い い	う う	え え	お お
あ あ	い い	う う	え え	お お
あい	いえ	うえ	えい	あお

か

か行假名如果在單字第一字，氣音則明顯，發「ka、ki、ku、ke、ko」。但是如果不是在單字第一字，氣音會減弱，對華語圈學習者來說，聽起來會接近「ga、gi、gu、ge、go」的發音。

 003

か [ka]	き [ki]	く [ku]	け [ke]	こ [ko]
かお [kao]	かき [kaki]	きく [kiku]	いけ [ike]	こい [koi]
臉	柿子	菊花	池子	鯉魚；戀

字母練習

か	き	く	け	こ
か　か	き　き	く　く	け　け	こ　こ
か　か	き　き	く　く	け　け	こ　こ
かお	かき	きく	いけ	こい

當中的「し」並非英文發音的「si」而是近似中文的「西」的發音。「す (su)」的「u」是扁唇音，不是中文注音的「ㄨ」的發音。

 004

さ [sa]	し [shi]	す [su]	せ [se]	そ [so]
さけ [sake]	しか [shika]	すし [sushi]	せき [seki]	うそ [uso]
酒	鹿	壽司	座位	謊言

字母練習

さ	し	す	せ	そ
さ　さ	し　し	す　す	せ　せ	そ　そ
さ　さ	し　し	す　す	せ　せ	そ　そ
さけ	しか	すし	せき	うそ

た

請特別注意「ち（chi）」、「つ（tsu）」的發音，不是英文的「ti」、「tu」。另外，た行假名，如果在單字第一字，氣音明顯，發「ta、chi、tsu、te、to」。但是如果不是在單字第一字，氣音會減弱，對華語圈學習者來說，聽起來會接近「da、ji、zu、de、do」的發音。

🔊 005

た [ta]	ち [chi]	つ [tsu]	て [te]	と [to]
たこ [tako]	くち [kuchi]	つき [tsuki]	たて [tate]	とし [toshi]
章魚	嘴巴	月亮	縱向	年

字母練習

た	ち	つ	て	と
た　た	ち　ち	つ　つ	て　て	と　と
た　た	ち　ち	つ　つ	て　て	と　と
たこ	くち	つき	たて	とし

な

請注意「な」的筆順。另外,「ね」因為電腦字體的關係,某些的字體的「ね」的第二筆順,看起來似乎拆分為二。書寫時要特別注意,「ね」只有二筆畫。

 006

な [na]	に [ni]	ぬ [nu]	ね [ne]	の [no]
なつ[natsu]	かに[kani]	いぬ[inu]	ねこ[neko]	つの[tsuno]
夏天	螃蟹	狗	貓	(動物)角

字母練習

な	に	ぬ	ね	の
な　な	に　に	ぬ　ぬ	ね　ね	の　の
な　な	に　に	ぬ　ぬ	ね　ね	の　の
なつ	かに	いぬ	ねこ	つの

は

「ふ」的發音是「fu」，有四筆畫。某些的電腦字體的「ふ」中間是相連的，但是手寫時，仿教科書字體，無須相連。

 007

は [ha]	ひ [hi]	ふ [fu]	へ [he]	ほ [ho]
はな[hana] 花	ひと [hito] 人	ふね[fune] 船	へそ[heso] 肚臍	ほし[hoshi] 星星

字母練習

は	ひ	ふ	へ	ほ
は　は	ひ　ひ	ふ　ふ	へ　へ	ほ　ほ
は　は	ひ　ひ	ふ　ふ	へ　へ	ほ　ほ
はな	ひと	ふね	へそ	ほし

ま

請注意「も」的筆順，中間的是第一畫。筆順正確的話，「も」寫起來會比較好看。

 008

ま [ma]	み [mi]	む [mu]	め [me]	も [mo]
くま [kuma] 熊	みせ [mise] 店	むし [mushi] 蟲類	ひめ [hime] 公主	もち [mochi] 年糕

字母練習

ま		み		む		め		も	
ま	ま	み	み	む	む	め	め	も	も
ま	ま	み	み	む	む	め	め	も	も
くま		みせ		むし		ひめ		もち	

16

や行裡，古代時原本有發音為「ye」的字母，但是由於發音容易和「え」混淆，所以在十世紀左右便消失了。

 009

や [ya]	ゆ [yu]	よ [yo]
やま [yama] 山	ゆき [yuki] 雪	よこ [yoko] （橫向）旁邊

字母練習

や		ゆ		よ	
や	や	ゆ	ゆ	よ	よ
や	や	ゆ	ゆ	よ	よ
やま		ゆき		よこ	

ら行為了方便標記，雖然會以「r」標示發音，但是發音並不完全等同於英文中的「r」和「l」。近似注音裡的「ㄌ」。

 010

ら [ra]	り [ri]	る [ru]	れ [re]	ろ [ro]
さら[sara]	りす[risu]	よる[yoru]	はれ[hare]	ふろ[furo]
盤子	松鼠	晚上	晴天	浴缸

字母練習

ら	り	る	れ	ろ
ら　ら	り　り	る　る	れ　れ	ろ　ろ
ら　ら	り　り	る　る	れ　れ	ろ　ろ
さら	りす	よる	はれ	ふろ

わ〜ん

「わ行」中現在僅使用「わ」和「を」。
「ん」是鼻音，發音會隨著「ん」後的第一個假名的發音而產生「m」「n」「ŋ」等等變化。
「を」是助詞，不會出現在單字中。

🎵 011

わ [wa]	(ゐ)	(ゑ)	を [o]	ん [n]
わに[wani] 鱷魚			えを かく [eo kaku] 畫圖	ほん[hon] 書

字母練習

わ	(ゐ)	(ゑ)	を	ん
わ わ			を を	ん ん
わ わ	「わ行」屬於雙母音，在以前的發音體系中，曾有「wa/wi/we/wo」，而在現代的發音中，「wi」和「we」已不復見，除非刻意使用，否則已經不使用其假名。雖然「wo」的發音已不存在，仍保留其字母「を」，並演變成「o」的發音。		を を	ん ん
わに			えを かく	ほん

● 你是否發現在 50 音表中，有幾個很像的假名呢？這些假名外型極為相似，發音卻完全不同。下方整理了易產生混淆的平假名，請仔細辨識！

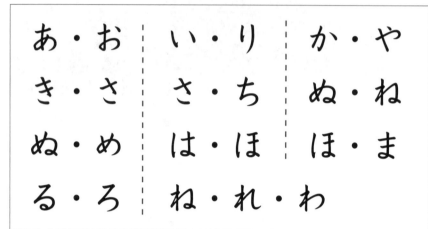

あ・お ｜ い・り ｜ か・や
き・さ ｜ さ・ち ｜ ぬ・ね
ぬ・め ｜ は・ほ ｜ ほ・ま
る・ろ ｜ ね・れ・わ

● 書寫時請特別小心！一不注意可能造成看的人誤解！

往左斜劃　往右一撇　短的一點
い・り　か・や
短於左方　延伸到下方　往右斜劃　往下拉寬　往下收短

Tip

印刷時，「き」和「さ」字體的上半部與下半部相連；手寫時，通常會將「き」和「さ」的上下連接處保留些許空隙。

另外，由於ち看起來像是さ印刷字體的鏡面文字，容易造成混淆，因此在手寫ち時，請務必一筆到底與最下方部分相連，切勿像「さ」一樣上下半部間留有空隙！

發音練習 ....

●請大聲念出下方平假名。

1.
🎵 012

❶ うえ ❷ あお ❸ さけ

❹ くち ❺ たて ❻ いぬ

❼ ねこ ❽ はな ❾ へそ

❿ みせ ⓫ むし ⓬ ひめ

⓭ やま ⓮ ゆき ⓯ りす

⓰ よる ⓱ ふろ ⓲ わに

2.
🎵 013

❶ かつら ❷ ほこり

❸ せともの ❹ おかねを いれる

どうぶつ
動物

うし
牛

とら
老虎

うま
馬

さる
猴子

とり
鳥類

いぬ
狗

いのしし
山豬

ねこ
貓

しか
鹿

りす
松鼠

きつね
狐狸

かめ
烏龜

平假名和發音2

point

【各類表記和發音】

中文和日語屬於不同的發音體系，其中有幾個特別需要注意的發音。

我們以第一課學到的50音表平假名為基礎，繼續說明較為複雜的濁音、半濁音、促音、長音、拗音。

が 在「か行、さ行、た行、は行」假名的的右上方加上「ﾞ」兩點。濁音「が行」的特徵為發音時聲帶會振動，發「g＋母音」，聲帶必須振動。

が [ga]	ぎ [gi]	ぐ [gu]	げ [ge]	ご [go]
がら [gara]	やぎ [yagi]	ふぐ [fugu]	ひげ [hige]	ごみ [gomi]
花紋	山羊	河豚	鬍子	垃圾

字母練習

  014

が	ぎ	ぐ	げ	ご
が　が	ぎ　ぎ	ぐ　ぐ	げ　げ	ご　ご
が　が	ぎ　ぎ	ぐ　ぐ	げ　げ	ご　ご
がら	やぎ	ふぐ	ひげ	ごみ

ざ

「ざ行」中的「じ」的的發音是「ji」，不是英文發音的「zi」。

ざ [za]	じ [ji]	ず [zu]	ぜ [ze]	ぞ [zo]
ざる [zaru]	じこ [jiko]	ちず [chizu]	かぜ [kaze]	なぞ [nazo]
竹籃	事故	地圖	感冒	謎

字母練習 015

ざ	じ	ず	ぜ	ぞ
ざ　ざ	じ　じ	ず　ず	ぜ　ぜ	ぞ　ぞ
ざ　ざ	じ　じ	ず　ず	ぜ　ぜ	ぞ　ぞ
ざる	じこ	ちず	かぜ	なぞ

だ

「だ行」發「da、ji、zu、de、do」。其中「ぢ」（ji）和「づ」（zu）的發音，等同於「ざ行」中的「じ」和「ず」。

だ [da]	ぢ [ji]	づ [zu]	で [de]	ど [do]
ただ [tada]	はなぢ [hanaji]	ひづけ [hizuke]	でし [deshi]	どく [doku]
免費	鼻血	日期	門徒	毒

字母練習

 016

だ	ぢ	づ	で	ど
だ だ	ぢ ぢ	づ づ	で で	ど ど
だ だ	ぢ ぢ	づ づ	で で	ど ど
ただ	はなぢ	ひづけ	でし	どく

ば

ば行 發音為「b＋母音」。

ば [ba]	び [bi]	ぶ [bu]	べ [be]	ぼ [bo]
おばけ[obake]	へび[hebi]	ぶた[buta]	なべ[nabe]	ぼろ[boro]
妖怪	蛇	豬	鍋子	破破爛爛

字母練習 017

ば	び	ぶ	べ	ぼ
ば ば	び び	ぶ ぶ	べ べ	ぼ ぼ
ば ば	び び	ぶ ぶ	べ べ	ぼ ぼ
おばけ	へび	ぶた	なべ	ぼろ

ぱ゜

在「は行」假名的右上方加上一個圈圈（゜）。ぱ行假名如果在單字第一字，氣音明顯，發「pa、pi、pu、pe、po」。但是如果不是在單字第一字，氣音會減弱，對華語圈學習者來説，聽起來會接近「ba、bi、bu、be、bo」的發音。

ぱ	ぴ	ぷ	ぺ	ぽ
[pa]	[pi]	[pu]	[pe]	[po]

らっぱ[rappa]	しんぴ[shinpi]	きっぷ[kippu]	ほっぺ[hoppe]	さんぽ[sanpo]
喇叭	神秘	車票	臉頰	散步

字母練習　 018

ぱ	ぴ	ぷ	ぺ	ぽ
ぱ ぱ	ぴ ぴ	ぷ ぷ	ぺ ぺ	ぽ ぽ
ぱ ぱ	ぴ ぴ	ぷ ぷ	ぺ ぺ	ぽ ぽ
らっぱ	しんぴ	きっぷ	ほっぺ	さんぽ

※ 有關「小つ」和「ん」的發音，請參考 P 29、P 30 説明。

促音

「促音」以小的「つ」表記，本身不發音，在小「つ」後方的音出來之前要先停一拍。促音通常出現在「か行、さ行、た行、ぱ行」的前方。另外，日語中的「促音」算是一個音節，因此發音時要佔一個拍子。舉例來說：讀「いっき」時，要算作三拍。

Tip

書寫小「っ」時，大小為大「つ」的一半，請特別留意「つ」字體大小的差異。

① か行前方 019

さっか [sakka] 作家

いっき [ikki] 一口氣

ゆっくり [yukkuri] 慢慢地

🎙️發音比較！

さか―さっか

いき―いっき

② さ行前方 020

さ行前方的促音並非完全沒有聲音，而是有從牙齒和舌頭之間吐出空氣的聲音。

あっし [asshi] 壓死

しっそ [shisso] 樸素

まっすぐ [massugu] 筆直地

🎙️發音比較！

あし―あっし

しそ―しっそ

③ た行前方 021

おっと [otto] 丈夫

いったい [ittai] 同心一體

ばっちり [batchiri] 完美地

🎙️發音比較！

おと―おっと

いたい―

　いったい

④ ぱ行前方 022

きっぷ [kippu] 車票

しっぽ [shippo] 尾巴

いっぱい [ippai] 一杯

🎙️發音比較！

きぷ―きっぷ

しぽ―しっぽ

撥音（鼻音）

「ん」是只有子音的假名，以音韻學來說發音為「N」（羅馬拼音表記為「n」），發音會隨著後方的發音變化而有所改變。算一個音節，因此發音時要占一個拍子。舉例來說：讀「おんど」時，要算作三拍。請注意 [ ] 內的是發音音標，不是羅馬拼音表記。

在發出後方的音之前，要先從鼻子發聲，因此嘴巴的形狀必須跟隨後方音節的發音。

023

1 [m] ま行、ば行、ぱ行前方

さんま [samma] 秋刀魚　　とんぼ [tombo] 蜻蜓

てんぷら [tempura] 天婦羅　　かんぱい [kampai] 乾杯

放在ま行、ば行、ぱ行前方發音時，請做好將雙唇閉上的準備。

024

2 [n] さ行、ざ行、た行、だ行、な行、ら行前方

さんち [sanchi] 產地　　おんど [ondo] 溫度

あんない [annai] 引導　　はんざい [hanzai] 犯罪

せんろ [senro] 鐵軌　　べんり [benri] 便利

放在さ行、ざ行、た行、だ行、な行、ら行前方發音時，請發出鼻音，並將舌尖頂往上顎的位置。

025

3 [ŋ] か行、が行前方

げんき [geŋki] 有精神的　　まんが [maŋga] 漫畫

りんご [riŋgo] 蘋果　　かんこく [kaŋkoku] 韓國

放在か行、が行前方發音時，請準備將舌根頂住上顎的位置。

026

4 [N] あ行、は行、や行、わ行前方

でんわ [deNwa] 電話　　ほんや [hoNya] 書店

にほん [nihoN] 日本　　せんえん [seNeN] 一千日圓

Tip 放在あ行、は行、や行、わ行前方發音時，不需要將舌頭頂向上顎。因此，在發「ん」的發音時，請在雙唇沒有緊閉、舌頭也沒有頂向上顎的狀態下發出鼻音。當ん出現在句尾時，一樣毋須用到舌頭或嘴巴的力氣，發音為「N」。

長音 ∙∙∙

長音為將一個母音的音節拉長為兩拍。在日語中，根據母音長度的不同，會產生不同的意思，請特別注意。請注意 [ ] 內的是發音音標，不是羅馬拼音表記。

027

❶ [aː] あ段 ＋ あ

まあまあ [maːmaː] 普普通通

おばあさん [obaːsaN] 祖母／外婆

028

❷ [iː] い段 ＋ い

いいえ [iːe] 不　　おじいさん [ojiːsaN] 祖父／外公

029

❸ [uː] う段 ＋ う

ゆうき [yuːki] 勇氣　　くうき [kuːki] 空氣

030

❹ [eː] え段 ＋ え, え段 ＋ い

おねえさん [oneːsaN] 姐姐

せいき [seːki] 世紀　　ゆうめい [yuːmeː] 有名

031

❺ [oː] お段 ＋ お, お段 ＋ う

おおい [oːi] 多的　　とおく [toːku] 遙遠

ようじ [yoːji] 有事　　そうち [soːchi] 裝置

Tip

片假名的長音會使用長音符號「一」。

🎙發音比較！
まま [mama]
原封不動
おばさん [obasaN]
阿姨、姑母、
伯叔母、舅母

🎙發音比較！
いえ [ie] 家
おじさん [ojisaN]
舅舅、伯叔父、
姨丈、姑丈

🎙發音比較！
ゆき [yuki] 雪
くき [kuki] 莖

🎙發音比較！
せき [seki] 座位
ゆめ [yume] 夢想

🎙發音比較！
おい [oi] 外甥、侄子
とく [toku] 利益

🎙發音比較！
よじ [yoji] 四點
そち [sochi] 措施

拗音

拗音為在い段假名（除了「い」以外）後方加上小的「や、ゆ、よ」，變成「子音＋雙母音」的形式，例如：「しゃ」→「shiya」→「sha」。此時兩個假名的發音為一拍。

> **Tip**
> 書寫時，與促音「っ」相同，請特別留意字體是大的「や、ゆ、よ」的一半！

[拗音一覽表 032

	や	ゆ	よ		や	ゆ	よ
き	きゃ [kya]	きゅ [kyu]	きょ [kyo]	ひ	ひゃ [hya]	ひゅ [hyu]	ひょ [hyo]
ぎ	ぎゃ [gya]	ぎゅ [gyu]	ぎょ [gyo]	び	びゃ [bya]	びゅ [byu]	びょ [byo]
し	しゃ [sha]	しゅ [shu]	しょ [sho]	ぴ	ぴゃ [pya]	ぴゅ [pyu]	ぴょ [pyo]
じ	じゃ [ja]	じゅ [ju]	じょ [jo]	み	みゃ [mya]	みゅ [myu]	みょ [myo]
ち	ちゃ [cha]	ちゅ [chu]	ちょ [cho]	り	りゃ [rya]	りゅ [ryu]	りょ [ryo]
に	にゃ [nya]	にゅ [nyu]	にょ [nyo]				

🎵 033

[kya] きゃ	[kyu] きゅ	[kyo] きょ	[gya] ぎゃ	[gyu] ぎゅ	[gyo] ぎょ
きゃく	きゅうり	こきょう	ぎゃく	ぎゅうにく	ぎょうざ

[sha] しゃ	[shu] しゅ	[sho] しょ	[ja] じゃ	[ju] じゅ	[jo] じょ
しゃしん	あくしゅ	いっしょ	にんじゃ	じゅうじ	まじょ

[cha] ちゃ	[chu] ちゅ	[cho] ちょ	[nya] にゃ	[nyu] にゅ	[nyo] にょ
おちゃ	しょうちゅう	ちょきん	こんにゃく	ぎゅうにゅう	にょきにょき

[hya] ひゃ	[hyu] ひゅ	[hyo] ひょ	[bya] びゃ	[byu] びゅ	[byo] びょ
ひゃくてん	ひゅうひゅう	ひょうがら	びゃくや	デビュー (でびゅう)	びょうき

[pya] ぴゃ	[pyu] ぴゅ	[pyo] ぴょ	[mya] みゃ	[myu] みゅ	[myo] みょ
ろっぴゃく	コンピューター (こんぴゅうたあ)	ぴょんぴょん	みゃく	ミュージカル (みゅうじかる)	みょうじ

[rya] りゃ	[ryu] りゅ	[ryo] りょ
りゃくご	りゅうがく	りょこう

- ひゃく 一百
  ひやく 飛躍
- かきょう 家郷
  かきよう 夏季用
- ごじゅうに 五十二
  ごじゆうに 請自便
- こんにゃく 蒟蒻
  こんやく 婚約
- りゅう 龍
  りゆう 理由
- おもちゃ 玩具
  おもちや 年糕店
- びょういん 醫院
  びよういん 美容院
- しんにゅう 新加入
  しんゆう 親友

發音練習

● 請大聲念出下方平假名。

1.
 035

1 がら
2 ほっぺ
3 おっと
4 げんき
5 べんり
6 でんわ
7 ゆうき
8 いいえ
9 みゃく
10 ちょきん
11 あくしゅ
12 にんじゃ

2.
🎵 036

1 げっぷ
2 ばんごう
3 みっかぼうず
4 せいげんじかん
5 じゅぎょう
6 しょっちゅう
7 りょうりょう
8 はっぴゃくえん

野菜（やさい）

だいこん
蘿蔔

にんじん
紅蘿蔔

じゃがいも
馬鈴薯

さつまいも
地瓜

はくさい
白菜

ほうれんそう
菠菜

きゅうり
小黃瓜

とうもろこし
玉米

ねぎ
蔥

たまねぎ
洋蔥

なす
茄子

とうがらし
辣椒

片假名和問候語

point

【片假名】

片假名經常用來表記外來語，除此之外，也廣泛使用於擬聲語、擬態語、外國人名、商業標誌（公司名稱）、表示強調等等。與漢字相比，片假名的使用頻率偏低，但是隨著電腦與網路的普及，在基礎日語的學習中，其重要性也隨之增加。

片假名與平假名的發音相同，因此本課除了說明片假名中一部分特有的表記方式之外，僅簡單介紹片假名的外形。濁音、半濁音、拗音、促音等規則原理與平假名相同。

片假名 50 音

雖然在日文句子中較少使用「片假名」，但是因為國際化衍生出來的新興用語、商品名等等，使得片假名的使用頻率逐漸增高，因此希望大家能多多熟悉它！

	ア段	イ段	ウ段	エ段	オ段
ア行	ア [a]	イ [i]	ウ [u]	エ [e]	オ [o]
カ行	カ [ka]	キ [ki]	ク [ku]	ケ [ke]	コ [ko]
サ行	サ [sa]	シ [shi]	ス [su]	セ [se]	ソ [so]
タ行	タ [ta]	チ [chi]	ツ [tsu]	テ [te]	ト [to]
ナ行	ナ [na]	ニ [ni]	ヌ [nu]	ネ [ne]	ノ [no]
ハ行	ハ [ha]	ヒ [hi]	フ [fu]	ヘ [he]	ホ [ho]
マ行	マ [ma]	ミ [mi]	ム [mu]	メ [me]	モ [mo]
ヤ行	ヤ [ya]		ユ [yu]		ヨ [yo]
ラ行	ラ [ra]	リ [ri]	ル [ru]	レ [re]	ロ [ro]
ワ行	ワ [wa]				ヲ [o]
ン	ン [n]				

片假名誕生於九世紀左右。平假名源自於漢字的草書，而片假名則是取自漢字的其中一部分，將其簡化而成的假名，例如：伊→イ。

平假名的線條柔和，片假名的特色為筆直端正、線條剛毅。

ア 阿	イ 伊	ウ 宇	エ 江	オ 於
カ 加	キ 機	ク 久	ケ 介	コ 己
サ 散	シ 之	ス 須	セ 世	ソ 曾
タ 多	チ 千	ツ 川	テ 天	ト 止
ナ 奈	ニ 仁	ヌ 奴	ネ 祢	ノ 乃
ハ 八	ヒ 比	フ 不	ヘ 部	ホ 保
マ 末	ミ 三	ム 牟	メ 女	モ 毛
ヤ 也		ユ 由		ヨ 與
ラ 良	リ 利	ル 流	レ 礼	ロ 呂
ワ 和	(ヰ井)		(ヱ恵)	ヲ 乎
ン 尓				

片假名 50 音 —— 清音

ア行

ア	イ	ウ	エ	オ
（あ）	（い）	（う）	（え）	（お）
[a]	[i]	[u]	[e]	[o]

ア	ア	イ	イ	ウ	ウ	エ	エ	オ	オ

カ行

カ	キ	ク	ケ	コ
（か）	（き）	（く）	（け）	（こ）
[ka]	[ki]	[ku]	[ke]	[ko]

カ	カ	キ	キ	ク	ク	ケ	ケ	コ	コ

サ行

サ	シ	ス	セ	ソ
（さ）	（し）	（す）	（せ）	（そ）
[sa]	[shi]	[su]	[se]	[so]
サ　サ	シ　シ	ス　ス	セ　セ	ソ　ソ

タ行

タ	チ	ツ	テ	ト
（た）	（ち）	（つ）	（て）	（と）
[ta]	[chi]	[tsu]	[te]	[to]
タ　タ	チ　チ	ツ　ツ	テ　テ	ト　ト

ナ行

ナ	ニ	ヌ	ネ	ノ
（な）	（に）	（ぬ）	（ね）	（の）
[na]	[ni]	[nu]	[ne]	[no]
ナ　ナ	ニ　ニ	ヌ　ヌ	ネ　ネ	ノ　ノ

ハ行

ハ	ヒ	フ	ヘ	ホ
（は）	（ひ）	（ふ）	（へ）	（ほ）
[ha]	[hi]	[fu]	[he]	[ho]
ハ　ハ	ヒ　ヒ	フ　フ	ヘ　ヘ	ホ　ホ

マ行

マ	ミ	ム	メ	モ
（ま）	（み）	（む）	（め）	（も）
[ma]	[mi]	[mu]	[me]	[mo]
マ　マ	ミ　ミ	ム　ム	メ　メ	モ　モ

ヤ行

ヤ		ユ		ヨ
（や）		（ゆ）		（よ）
[ya]		[yu]		[yo]
ヤ　ヤ		ユ　ユ		ヨ　ヨ

ラ行

ラ	リ	ル	レ	ロ
（ら） [ra]	（り） [ri]	（る） [ru]	（れ） [re]	（ろ） [ro]
ラ ラ	リ リ	ル ル	レ レ	ロ ロ

ワ行 **&** **ン**

ワ	(ヰ) (ヱ)		ヲ	ン
（わ） [wa]			（を） [o]	（ん） [n]
ワ ワ			ヲ ヲ	ン ン

易混淆的假名 ....

● 片假名的外形較為簡單，因此有許多極為相似的假名。在此列出當中幾個易
  產生混淆的假名。

ン・ソ（ん・そ）	シ・ツ（し・つ）	カ・ヤ・セ（か・や・せ）
ア・マ（あ・ま）	ワ・ク（わ・く）	コ・ユ（こ・ゆ）
チ・テ（ち・て）	ナ・メ（な・め）	ソ・リ（そ・り）

● 挑戰特別容易產生混淆的片假名「ン、ソ、シ、ツ」！
  「ン、シ」類似中文部首「丶」「氵」。

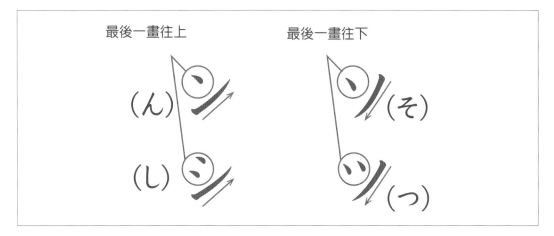

長音及特殊音 ·······························

基本上片假名與平假名的表記方式大抵相同，但片假名有幾種特有的表記方式，像是ティ、ディ、ウェ等等特殊音，是因應更多不同的外文發音需求而產生的表記方式。在此介紹使用頻率較高的表記方式，以及其發音。

 037

❶ 以長音符號「ー」表示長音。

例 •コーヒー 咖啡　•スーパー 超市

但是仍有少數單字未以長音符號表記。→ •ソウル 首爾

 038

❷ ティ、ディ、デュ：「テ＋小ィ」的發音為「ti」；「デ＋小ィ」的發音為「di」；「デ＋小ュ」的發音為「dyu」。

例 •パーティー 宴會　•ディズニー 迪士尼　•デュエット 歌曲對唱

但是也有許多單字依照習慣直接寫成「チ/ジ」。

→ •チケット 票　　•ラジオ 收音機

039

❸ ウィ、ウェ、ウォ：「ウ」＋小「ィ、ェ、ォ」時，發音為單音節「wi/we/wo」。

例 •ウィキペディア 維基百科　•ウェブ 網際網路　•ウォン 韓圜

但是也有一些單字依照習慣表記成「ウ」＋大「イ、エ、オ」，發音為兩個音節。

→ •ウインク 眨眼　•ウエスト 腰圍

040

❹ ファ、フィ、フェ、フォ：「フ」＋「ァ、ィ、ェ、ォ」時，發音為單音節「fa/fi/fe/fo」。

例 •ファン 粉絲　•フィリピン 菲律賓
　•カフェ 咖啡廳　•スマートフォン 智慧型手機

＊ 除了上述的 2、3、4 項的片假名特殊音之外，還有「シェ (she)、ジェ (je)、チェ (che)」。另外較為不常見的還有「クァ (kwa)、グァ (gwa)、スィ (si)、ズィ (zi)、ツァ (tsa)、ツェ (tse)、ツォ (tso)」等等。

發音練習 ....

● 請試著大聲念出下方片假名。 041

❶ コーヒー 咖啡

❷ メニュー 菜單

❸ ラジオ 收音機

❹ コンビニ 便利商店

❺ カラオケ 卡拉OK

❻ マンション 高級公寓

❼ モノレール 單軌電車

❽ デザイン 設計

❾ スポーツ 運動

❿ ネクタイ 領帶

⓫ イギリス 英國

⓬ アメリカ 美國

⓭ タクシー 計程車

⓮ ハンバーガー 漢堡

⓯ チケット 票

⓰ スマホ 智慧型手機

⓱ パソコン 電腦

⓲ ファイル 文件夾

⓳ ツイッター 推特

⓴ ワンピース 連身裙

042

おはようございます。
早安

こんにちは。※
午安

こんばんは。※
晚安

ありがとうございます。
謝謝

ごめんなさい。
對不起

すみません。（ごめんなさい）
對不起；不好意思

すみません。
請問～（向他人搭話時）

いただきます。
我要吃了

ごちそうさまでした。
我吃飽了／謝謝款待

おやすみなさい。
（睡前）晚安

おひさしぶりです。
好久不見

おげんきですか。
您好嗎？

※寫作「は」但要讀作「わ」，請參考第四課的〈學習重點 01〉。

おはよう。
早！

やあ、げんき？
啊！你好嗎？

ひさしぶり。
好久不見！

げんきだった？
你好嗎？

じゃあね。
下次見！

バイバイ。
Bye-bye！

また、あした。
明天見！

おやすみ。
晚安！

おじゃまします。
打擾了！

いらっしゃい。
請進！

ありがとう。
謝謝！

ごめん。
對不起！

問題1 （　　　）に なにを いれますか。❶・❷・❸・❹から いちばん いい もの を ひとつ えらんで ください。

1 こんにち（　　　）。

❶ や　　　　　❷ は　　　　　❸ わ　　　　　❹ ん

2 ごちそう（　　　）でした。

❶ すみ　　　　❷ さま　　　　❸ さい　　　　❹ せん

3 おひさしぶり（　　　）。

❶ ます　　　　❷ ませ　　　　❸ です　　　　❹ でせ

問題2 つぎの ことばの つかいかたで いちばん いい ものを ❶・❷・❸・❹から ひとつ えらんで ください。

4 ございます

❶ しつれいございます。　　　❷ いただきございます。

❸ こんにちございます。　　　❹ おはようございます。

5 なさい

❶ おやすみなさい。　　　　　❷ こんばんなさい。

❸ ありがとなさい。　　　　　❹ すみませなさい。

生活字彙 ·························· Vocabulary

食べ物
<ruby>食<rt>た</rt></ruby>べ<ruby>物<rt>もの</rt></ruby>

和食 (わしょく)
日本料理

中華 (ちゅうか)
中華料理

洋食 (ようしょく)
西餐

ご飯 (はん)
白飯

みそ汁 (しる)
味噌湯

漬物 (つけもの)
淹漬食品

刺身 (さしみ)
生魚片

鍋 (なべ)
火鍋

焼肉 (やきにく)
烤肉

ラーメン
拉麵

餃子 (ぎょうざ)
煎餃

酢豚 (すぶた)
糖醋排骨

がく せい
学生ですか。

是學生嗎？

point

 045

假名	漢字	中譯
わたし	私	我
かのじょ	彼女	她／女朋友
かれ	彼	他／男朋友
がくせい	学生	學生
りゅうがくせい	留学生	留學生
きょうし	教師	教師
だいがくせい	大学生	大學生
いしゃ	医者	醫生
こうむいん	公務員	公務員
せんせい	先生	老師
かいしゃいん	会社員	公司職員
しゅふ	主婦	主婦
たいわんじん	台湾人	臺灣人
かんこくじん	韓国人	韓國人
ちゅうごくじん	中国人	中國人
にほんじん	日本人	日本人
いま	今	現在
はる	春	春天
あき	秋	秋天
なつ	夏	夏天
ふゆ	冬	冬天

はじめまして	初めまして	初次見面
どうぞ		請
よろしく		多關照
おねがいします	お願いします	拜託；麻煩（您）
こちらこそ		彼此
はい		是，對
いいえ		不，不是

（お）すまい	（お）住まい	住所
どこ		哪裡
とうきょう	東京	東京
おへんじください	お返事ください	期待你的回信

 046

佐藤　初めまして、佐藤博史です。

李　　初めまして、李です。

佐藤　どうぞ よろしく お願いします。

李　　こちらこそ、どうぞ よろしく お願い
　　　します。

佐藤　李さんは 学生ですか。

李　　はい、学生です。佐藤さんも 学生で
　　　すか。

佐藤　いいえ、私は 学生じゃ ありません。
　　　会社員です。

Tip

初次見面時經常會使用的問候語為「初めまして」，可以解釋成「很高興認識你」，本句話只適用於初次見面時，請特別注意。

學習重點 •••••••••••••••••••••••••••••• **Grammar**

 047

01 〜は 〜です 〜是〜

私_{わたし}は 留学生_{りゅうがくせい}です。

石井_{いしい}さんは 教師_{きょうし}です。

彼女_{かのじょ}は 韓国人_{かんこくじん}です。

 048

02 〜も 〜です 〜也是〜

私_{わたし}も 大学生_{だいがくせい}です。

山田_{やまだ}さんも 医者_{いしゃ}です。

彼_{かれ}も 中国人_{ちゅうごくじん}です。

> **Tip**
> 當中的助詞「は」雖然寫作「は (ha)」，但發音並非「ha」，而是讀作「wa」。然而在書寫時，請務必寫成「は」。

 049

03 ～ですか 是～嗎？

田中(たなか)さんは 公務員(こうむいん)ですか。

→ はい、私(わたし)は 公務員(こうむいん)です。

先生(せんせい)も 日本人(にほんじん)ですか。

→ はい、先生(せんせい)も 日本人(にほんじん)です。

 050

04 ～じゃ(では) ありません 不是～。

中野(なかの)さんは 会社員(かいしゃいん)ですか。

→ いいえ、私(わたし)は 会社員(かいしゃいん)じゃ ありません。
主婦(しゅふ)です。

彼(かれ)も 日本人(にほんじん)ですか。

→ いいえ、彼(かれ)は 日本人(にほんじん)じゃ ありません。
中国人(ちゅうごくじん)です。

Tip

「では」大多
用於嚴謹的場
合或是文章當
中；日常生活
中較常使用
「じゃ」。
「じゃ」為
「では」的縮
寫。

▶ 請依下方例句完成句子。

例
わたし
私（大學生）

わたし　　　だいがくせい
私は 大学生です。

❶ キムさん（上班族）

＿＿＿＿＿＿は ＿＿＿＿＿＿です。

❷ よし だ
吉田さん（主婦）

＿＿＿＿＿＿は ＿＿＿＿＿＿です。

❸ パクさん（韓國人）

＿＿＿＿＿＿は ＿＿＿＿＿＿です。

❹ おう
王さん（中國人）

＿＿＿＿＿＿も ＿＿＿＿＿＿です。

❺ せんせい
先生（日本人）

＿＿＿＿＿＿も ＿＿＿＿＿＿です。

練習 2 .... **Exercises 2**

▶ 請依下方例句完成句子。

例

> **とおるさん**
> 醫生 ❌
> 銀行行員 ✔

A とおるさんは 医者ですか。

B いいえ、医者じゃ ありません。
ぎんこういん
銀行員です。

① **ひろしさん**
銀行行員 ❌
公務員 ✔

A ひろしさんも ＿＿＿＿＿ですか。

B いいえ、＿＿＿＿＿じゃ ありません。

＿＿＿＿＿です。

② **まやさん**
教師 ❌
歌手 ✔

A まやさんは ＿＿＿＿＿ですか。

B いいえ、＿＿＿＿＿じゃ ありません。

＿＿＿＿＿です。

③ **けいこさん**
歌手 ❌
主婦 ✔

A けいこさんも ＿＿＿＿＿ですか。

B いいえ、＿＿＿＿＿じゃ ありません。

＿＿＿＿＿です。

會話練習 ·· Exercises 3

▶ 當提問正確時，請回答「はい、～です」；當提問錯誤時，請回答
「いいえ、～じゃ ありません」，之後再請以「～です」說明正確的內容。

例

_____さんは 韓国人ですか。

はい、韓国人です。

いいえ、韓国人じゃ ありません。日本人です。

① _____さんは 中国人ですか。

_____

② _____さんは 大学生ですか。

_____

③ _____さんは 会社員ですか。

_____

④ 今は 春ですか。

_____

⑤ 今は 秋ですか。

_____

▶ 請參考下方中文說明，在空白處填入適當的單字，完成會話。

A はじめまして、＿＿＿＿＿＿＿です。

B はじめまして、＿＿＿＿＿＿＿です。

A どうぞ よろしく おねがいします。

B こちらこそ、どうぞ よろしく おねがいします。

A ＿＿＿＿＿＿＿さんは ＿＿＿＿＿＿＿ですか。

B はい、＿＿＿＿＿＿＿です。

＿＿＿＿＿＿＿さんも ＿＿＿＿＿＿＿ですか。

A いいえ、私は ＿＿＿＿＿＿＿じゃ ありません。

＿＿＿＿＿＿＿です。

A 初次見面，我是 本人姓名 。

B 初次見面，我是 本人姓名 。

A 請多多指教。

B 我也要請你多多指教。

A 對方姓名 先生是 ～職業 1 or ～國籍 1 嗎？

B 是、 職業 1 or 國籍 1 。

A 對方姓名 先生也是 職業 1 or 國籍 1 嗎？

A 不，不是 職業 1 or 國籍 1 。

是 職業 2 or 國籍 2 。

閱讀練習 ·· Reading

▶ 傳給筆友的第一封訊息。 051

初めまして、立花香です。会社員です。

住まいは 東京です。

どうぞ よろしく お願いします。

李さんも 会社員ですか。

お住まいは どこですか。

お返事 ください。

造句練習 ·· Writing

❶ 我是學生。

----

❷ 他是日本人。

----

❸ 她也是公司職員嗎？

----

❹ 我也不是醫生。

----

❺ 老師不是台灣人。

Hint

私　彼　彼女
先生　学生
会社員　医者
台湾人　日本人
〜は　〜も
〜です　〜ですか
〜じゃ(では)あ
りません

問題1 _____ の ことばは どう よみますか。❶・❷・❸・❹から いちばん い
い ものを ひとつ えらんで ください。

1 私は がくせいです。

❶ かれ   ❷ ぼく   ❸ わたし   ❹ あなた

問題2 （　　　）になにを いれますか。❶・❷・❸・❹から いちばん いい
ものを ひとつ えらんで ください。

2 （　　　）は にほんじんです。

❶ いま   ❷ せんせい   ❸ とうきょう   ❹ すまい

問題3 （　　　）に なにをいれますか。❶・❷・❸・❹から いちばん いい も
のを ひとつえらんで ください。

3 すずきさん（　　　） かいしゃいんです。

❶ を   ❷ も   ❸ へ   ❹ だ

問題4 つぎの ことばの つかいかたで いちばん いい ものを ❶・❷・❸・❹から ひとつ えらんで ください。

4 ありません

❶ かれは ありませんじゃです。

❷ はじめましてじゃ ありませんは。

❸ わたしは がくせいじゃ ありません。

❹ あなたじゃは ありませんです。

問題5 ★ に はいる ものは どれですか。❶・❷・❸・❹から いちばん いい ものを ひとつ えらんで ください。

5 ＿＿＿＿ ＿＿＿＿ ★ ＿＿＿＿ します。

❶ おねがい　　❷ どうぞ　　　❸ こちらこそ　❹ よろしく

生活字彙 .... Vocabulary

職業
しょくぎょう

学生
がくせい
學生

主婦／主夫
しゅふ　しゅふ
家庭主婦／家庭主夫

教師
きょうし
老師

会社員
かいしゃいん
公司職員

公務員
こうむいん
公務員

医者
いしゃ
醫生

銀行員
ぎんこういん
銀行行員

営業
えいぎょう
業務員

事務
じむ
行政人員

看護師
かんごし
護士

アルバイト*
計時人員；打工

無職
むしょく
待業中

*バイト：打工

それは 何^{なん}ですか。

那是什麼？

point

01 これ・それ・あれ・どれ　（指示代名詞）

02 〜の　（所有、屬性）

03 〜の　（省略名詞）

 052

假名	漢字	中譯
これ		這個（事物近己方）
それ		那個（事物近對方）
あれ		那個（事物在遠方）
どれ		哪個
この		這～（事物近己方）
その		那～（事物近對方）
あの		那～（事物遠方）
どの		哪～
ここ		這裡（己方所處地點）
そこ		那裡（對方所處地點）
あそこ		那裡（遠方地點）
どこ		哪裡
こちら		這邊（ここ的禮貌形）
そちら		那邊（そこ的禮貌形）
あちら		那邊（あそこ的禮貌形）
どちら		哪邊（どこ的禮貌形）
こっち		這裡（ここ的口語）
そっち		那裡（そこ的口語）
あっち		那裡（あそこ的口語）
どっち		哪裡（どこ的口語）
ともだち	友達	朋友
だれ	誰	誰
なん	何	什麼

とけい	時計	鐘錶
めがね	眼鏡	眼鏡
ぼうし	帽子	帽子
かばん	鞄	書包，手提包，皮包
きょうかしょ	教科書	課本
じしょ	辞書	辭典
くつ	靴	鞋子
えんぴつ	鉛筆	鉛筆
けいたい	携帯	手機
ざっし	雑誌	雑誌
かさ	傘	雨傘
ほん	本	書本
えいご	英語	英文
にほんご	日本語	日文
ふじさん	富士山	富士山

おかね	お金	錢
かね	金	錢
せんえんさつ	千円札	壹千日幣紙幣
のぐちひでよ	野口英世	野口英世
やま	山	山
はな	花	花
さくら	桜	櫻花
かんこく	韓国	韓國
ちゅうごく	中国	中國

會話 ······················· Dialogue

 053

李　　それは 何ですか。

鈴木　これは 鉛筆です。

李　　それは 誰の 鉛筆ですか。

鈴木　この 鉛筆は 私のです。

李　　その 本も 鈴木さんのですか。

鈴木　いいえ、これは 私のじゃ ありません。
　　　　山田さんのです。

Tip

「何」用來表示
「什麼」時，發
音為「なに」；
但是，當後方連
接「だ、と、の、
です」時，發音
則為「なん」。
根據不同情況，
發音會有所不
同，請特別注
意。

68

 054

01 指示詞   こ、そ、あ、ど系統

	近稱	中稱	遠稱	不定稱
事物	これ	それ	あれ	どれ
修飾名詞	この	その	あの	どの
地點	ここ (こちら)	そこ (そちら)	あそこ (あちら)	どこ (どちら)
方向	こちら (こっち)	そちら (そっち)	あちら (あっち)	どちら (どっち)

これは 何ですか。　→　それは 時計です。

それは 何ですか。　→　これは 眼鏡です。

あれは 何ですか。　→　あれは 帽子です。

Tip

指示詞從近稱至不定稱，開頭分別為「こ、そ、あ、ど」，由於具有規則性，經常將指示詞總稱為「こそあど」。建議可以依照「こそあど」的順序背誦，有助於正確使用。

Tip

「こちら、そちら、あちら、どちら」可以用來表示地點或是方向，使用上語氣較為尊敬。

口語時可以說成「こっち、そっち、あっち、どっち」。

🎵 055

02 〜の   〜的〜

これは 先生の かばんです。

あの 人は 私の 友達です。

木村さんは 英語の 先生です。

それは 何の 教科書ですか。

→ これは 日本語の 教科書です。

Tip

「包包」的日語「かばん」源自於外來語,因此也經常寫成片假名「カバン」。

Tip

「の」表示所有或屬性,一般來說在表示所有時,中文解釋中會加上「的」;在表示屬性時,則不用加上「的」。然而,在日語中,無論表示所有或是屬性,只要用來修飾名詞,就一定要保留「の」,這一點請特別注意。

🎵 056

03 〜の   〜的(東西)

この 眼鏡は 私のです。

その 辞書は 先生のです。

あの 靴は 佐藤さんのです。

あの 時計は 私のじゃ ありません。

Tip

表示所有時,如果「の」後方所指的名詞十分明確,即可省略該名詞,解釋為「〜的東西」。

練習 1 ································· **Exercises 1**

▶ 請依下方例句完成句子。

例

（這個）　　　　　 **A** <u>これ</u>は 何^{なん}ですか。

（〔近對方〕那個）**B** <u>それ</u>は <u>鉛筆^{えんぴつ}</u>です。

① （〔近對方〕那個）**A** ＿＿＿＿＿は 何^{なん}ですか。

　 （這個）　　　　　 **B** ＿＿＿＿＿は

　　　　　　　　　　　　 ＿＿＿＿＿＿＿です。

② （這個）　　　　　 **A** ＿＿＿＿＿は 何^{なん}ですか。

　 （〔近對方〕那個）**B** ＿＿＿＿＿は

　　　　　　　　　　　　 ＿＿＿＿＿＿＿です。

③ （〔遠方〕那一個）**A** ＿＿＿＿＿は 何^{なん}ですか。

　 （〔遠方〕那一個）**B** ＿＿＿＿＿は

　　　　　　　　　　　　 ＿＿＿＿＿＿＿です。

▶ 請依下方例句完成句子。

例

わたし
（眼鏡）

A これは 誰の 眼鏡ですか。

B その 眼鏡は 私のです。

① A これは 誰の ＿＿＿＿＿＿＿＿ ですか。

わたし
（かさ）

B その ＿＿＿＿＿＿＿ は ＿＿＿＿＿＿ です。

② A これは 誰の ＿＿＿＿＿＿＿＿ ですか。

先生
（かばん）

B その ＿＿＿＿＿＿＿ は ＿＿＿＿＿＿ です。

③ A これは 何の ＿＿＿＿＿＿＿＿ ですか。

日本語
（雑誌）

B それは ＿＿＿＿＿＿＿ の ＿＿＿＿＿＿ です。

應用練習 ························· Exercises 3

▶ 請參考下方中文說明，在空白處填入適當的單字練習。

A それは なんですか。

B これは _____ です。

A それは だれの _____ ですか。

B この _____ は わたしのです。

A あの _____ も _____ さんのですか。

B いいえ、あれは わたしのじゃ ありません。

　　 _____ さんのです。

A 那是什麼？

B 這是物1。

A 那是誰的物1？

B 這個物1是我的。

A 那個物2也是對方名さん的嗎？

B 不，那個不是我的，是第3者名さん的。

057

これは 日本の お金です。
<small>にほん</small> <small>かね</small>

これは 千円札です。この 人は 野口英世です。
<small>せんえんさつ</small> <small>ひと</small> <small>のぐちひでよ</small>

この 山は 富士山です。この 花は 桜です。
<small>やま</small> <small>ふじさん</small> <small>はな</small> <small>さくら</small>

それは 韓国の お金です。
<small>かんこく</small> <small>かね</small>

あれは 中国の お金です。
<small>ちゅうごく</small> <small>かね</small>

1 日圓　　　5 日圓

10 日圓　　50 日圓　　500 日圓

1,000 日圓

2,000 日圓

5,000 日圓

10,000 日圓

Tip

▶ 1,000 日圓紙幣上的人物為野口英世，是一名細菌學家，致力於黃熱病和梅毒的研究，曾三度被提名諾貝爾醫學獎，可惜英年早逝，最終仍未能獲獎。

▶ 2,000 日圓紙幣的發行是為了紀念 2000 年於沖繩召開的 G8 高峰會議，並非大量流通的紙幣。

▶ 5,000 日圓紙幣上的人物為樋口一葉，為明治時代的女性小說家，因肺結核病逝。代表作有《たけくらべ》、《十三夜》。

▶ 10,000 日圓紙幣上的人物為福澤諭吉，為日本近代極具代表性的啟蒙思想家，被稱為「日本近代化之父」。

造句練習 ·· Writing

① 這是誰的鞋子？

----

② 那是什麼內容的書？

----

③ 那個人是我的朋友。

----

④ 這把雨傘是我的。

----

⑤ 那不是我的錶，是老師的。

これ
それ
あれ
この
あの
誰 (だれ)
何 (なん)
私 (わたし)
先生 (せんせい)
友達 (ともだち)
人 (ひと)
靴 (くつ)
本 (ほん)
傘 (かさ)
時計 (とけい)
の
の
〜は
〜の
〜です
〜ですか
〜じゃ（では）
ありません

挑戰 JLPT ···

問題1 ＿＿＿＿＿の ことばは どう よみますか。❶・❷・❸・❹から いちばん い
い ものを ひとつ えらんで ください。

　　1 あの ひとは 誰ですか。

　　　❶ どれ　　　　　❷ それ　　　　　❸ だれ　　　　　❹ かれ

問題2 （　　）に なにを いれますか。❶・❷・❸・❹から いちばん いい
ものを ひとつ えらんで ください。

　　2 これは（　　　　　）ですか。

　　　❶ だれ　　　　　❷ あれは　　　　❸ なんの　　　　❹ なん

問題3 （　　　）に なにを いれますか。❶・❷・❸・❹から いちばん いい も
のを ひとつ えらんで ください。

　　3 この かばんは わたし（　　　）です。

　　　❶ の　　　　　　❷ に　　　　　　❸ は　　　　　　❹ も

問題4 つぎの ことばの つかいかたで いちばん いい ものを ❶・❷・❸・❹から
ひとつ えらんで ください。

[4] あの

❶ あのは なんですか。

❷ あの ひとは だれですか。

❸ これは だれの あのですか。

❹ これは あのの めがねですか。

問題5 ＿★＿ に はいる ものは どれですか。❶・❷・❸・❹から いちばん いい
ものを ひとつ えらんで ください。

[5] いいえ、＿＿＿＿＿ ＿＿＿＿＿ ＿★＿ ＿＿＿＿＿。

❶ わたしのじゃ　　　　❷ かさは

❸ ありません　　　　　❹ この

学校と筆記用具
がっこう　ひっきようぐ

大学（だいがく）
大學

キャンパス
校園

授業（じゅぎょう）
授課

教室（きょうしつ）
教室

机（つくえ）
書桌

椅子（いす）
椅子

教科書（きょうかしょ）
教科書／課本

辞書（じしょ）
字典

シャーペン*
自動鉛筆

ボールペン
原子筆

ノート
筆記本

消しゴム（け）
橡皮擦

　　＊ シャープペンシル（sharp pencil）的略稱

今 何時ですか。
いま なんじ

現在幾點？

point
01 数字（數字）
すうじ

02 時間（時間）
じかん

03 電話番号（電話號碼）
でんわばんごう

單字

  058

假名	漢字	中譯
たす		加
ひく		減
～じ	～時	～點
～ふん（ぷん）	～分	～分
～から		從～
～まで		到～
なんじ	何時	幾點
ごぜん	午前	上午
ごご	午後	下午
じゅぎょう	授業	課程
ぎんこう	銀行	銀行
でんわばんごう	電話番号	電話號碼
なんばん	何番	幾號

あの		嗯…
えっと		嗯…
つぎ	次	下一個

きょう	今日	今天
あした	明日	明天
がっこう	学校	學校
かいわ	会話	會話
しけん	試験	考試
あと	後	～之後
～と		跟
しょくじ	食事	用餐
そして		然後
そのあと	その後	之後
バイト（アルバイト）		打工

 059

<ruby>陳<rt>ちん</rt></ruby>　あの、<ruby>高橋<rt>たかはし</rt></ruby>さん、<ruby>今<rt>いま</rt></ruby>、<ruby>何時<rt>なんじ</rt></ruby>ですか。

<ruby>高橋<rt>たかはし</rt></ruby>　えっと、<ruby>8時50分<rt>はちじごじっぷん</rt></ruby>です。

　　　<ruby>次<rt>つぎ</rt></ruby>の<ruby>授業<rt>じゅぎょう</rt></ruby>は <ruby>何時<rt>なんじ</rt></ruby>からですか。

<ruby>陳<rt>ちん</rt></ruby>　<ruby>１１時<rt>じゅういちじ</rt></ruby>からです。<ruby>高橋<rt>たかはし</rt></ruby>さんは。

<ruby>高橋<rt>たかはし</rt></ruby>　<ruby>私<rt>わたし</rt></ruby>は <ruby>午後<rt>ごご</rt></ruby>2<ruby>時<rt>じ</rt></ruby>から 4<ruby>時<rt>じ</rt></ruby>までです。

學習重點 .... **Grammar**

 060

01 数字
　　すうじ
　　　　　　　　　　　　　　　　　　　　　　數字

0	1	2	3	4	5
ゼロ・れい	いち	に	さん	し・よん(よ)	ご
6	**7**	**8**	**9**	**10**	**11**
ろく	しち・なな	はち	きゅう・く	じゅう	じゅういち

▶ 以兩拍為單位，跟上節拍快速念一次！

♫ いち にー さん しー ごー ろく しち はち きゅう じゅう
　　 1　　2　　3　　4　　5　　6　　7　　8　　9　　10

▶ 熟記日文數字

例　1＋2＝＿＿3＿＿　（いち たす に は ＿さん＿）

❶ 4 ＋ 5 ＝ ＿＿＿＿＿
　（よん たす ご は ＿＿＿＿）

❷ 7 ＋ 3 ＝ ＿＿＿＿＿
　（なな たす さん は ＿＿＿＿）

❸ 8 - 2 ＝ ＿＿＿＿＿
　（はち ひく に は ＿＿＿＿）

❹ 11 - 4 ＝＿＿＿＿＿
　（じゅういち ひく よん は ＿＿＿＿）

Tip

再次提醒，此處的助詞「は」雖然寫作「は (ha)」，但並非直接以字面「は (ha)」發音，而是讀作「wa」。

學習重點

02-1 〜時(じ)　　　　　　　　　　　〜點　 061

1時	2時	3時	4時	5時	6時
いちじ	にじ	さんじ	よじ	ごじ	ろくじ
7時	8時	9時	10時	11時	12時
しちじ	はちじ	くじ	じゅうじ	じゅういちじ	じゅうにじ

何時　なんじ　幾點

Tip

數字後方加上「じ」，就可以表示「〜點」，請注意某些數字加上「じ」時的發音會改變。

02-2 〜分(ふん)　　　　　　　　　　　〜分　 062

以1分為單位		以5分為單位	
1分	いっぷん	5分	ごふん
2分	にふん	10分	じゅっぷん（じっぷん）
3分	さんぷん	15分	じゅうごふん
4分	よんぷん	20分	にじゅっぷん（にじっぷん）
5分	ごふん	25分	にじゅうごふん
6分	ろっぷん	30分	さんじゅっぷん（さんじっぷん）
7分	しちふん／（ななふん）	35分	さんじゅうごふん
8分	はちふん（はっぷん）	40分	よんじゅっぷん（よんじっぷん）
9分	きゅうふん	45分	よんじゅうごふん
10分	じゅっぷん（じっぷん）	50分	ごじゅっぷん（ごじっぷん）
		55分	ごじゅうごふん

Tip

▶ 數字後方加上「ふん」，就可以表示「〜分」，請注意某些數字加上「ふん」時的發音會改變。1分、3分、4分、6分、10分、幾分

▶ 10分可以讀作「じっぷん」或是「じゅっぷん」。

幾分	何分 （なんぷん）	AM	午前 （ごぜん）
半	半 （はん）	PM	午後 （ごご）
		前	前 （まえ）

▶ 時間開口說

❶ 7 : 00 → しちじです。

❷ 4 : 15 → よじ じゅうごふんです。

❸ 9 : 30 → くじ さんじゅっぷんです。

 063

03 ～から ～まで　　　　　　　從~到~

日本語（にほんご）の 授業（じゅぎょう）は 何時（なんじ）から 何時（なんじ）までですか。

→ 午前（ごぜん）8時（はちじ）から 午後（ごご）1時（いちじ）までです。

銀行（ぎんこう）は 何時（なんじ）から 何時（なんじ）までですか。

→ 銀行（ぎんこう）は 午前（ごぜん）9時（くじ）から 午後（ごご）3時（さんじ）までです。

 064

04 電話番号（でんわばんごう）　　　　電話號碼

電話番号（でんわばんごう）は 何番（なんばん）ですか。

→ 010 - 2345 - 6789 です。

（ぜろいちぜろ の にいさんよんごう の
ろくななはちきゅう）

Tip

為了符合節拍，在講號碼時，會像2和5一樣，延長成兩拍。另外，為了避免造成誤會，通常會將4讀作よん、7讀作なな、9則讀作きゅう。

▶ 請依下方例句完成句子。

例

A 今、何時ですか。
いま なんじ

B 今、１０時２０分です。
いま じゅう じ にじっぷん

❶

A 今、何時ですか。
いま なんじ

B ＿＿＿＿＿＿＿＿＿＿＿＿ です。

❷

A 今、何時ですか。
いま なんじ

B ＿＿＿＿＿＿＿＿＿＿＿＿ です。

❸

A 今、何時ですか。
いま なんじ

B ＿＿＿＿＿＿＿＿＿＿＿＿ です。

❹

A 今、何時ですか。
いま なんじ

B ＿＿＿＿＿＿＿＿＿＿＿＿ です。

❺

A 今、何時ですか。
いま なんじ

B ＿＿＿＿＿＿＿＿＿＿＿＿ です。

❻

A 今、何時ですか。
いま なんじ

B ＿＿＿＿＿＿＿＿＿＿＿＿ です。

會話練習 .... Exercises 2

▶ 請依自己的情況回答下面問題。

❶ _____さんの 携帯の 番号は 何番ですか。

例 010-7986-3542です。 _____

❷ 授業は 何時から 何時までですか。

例 じゅういちじから いちじまでです。 _____

❸ 今、何時ですか。

例 じゅうじ じっぷんです。 _____

應用練習 .... Exercises 3

▶ 請參考下方中文說明，在空白處填入適當的單字練習。

A あの、_____さん、今、何時ですか。

B えっと、_____時 _____分です。

次の 授業は 何時からですか。

A _____時からです。_____さんは？

B 私は _____から _____までです。

A 嗯，___さん、現在幾點？
B 嗯，___點___分。下堂課是幾點開始？
A ___點開始。___さん呢？
B 我是從___點到___點。

065

今日は 学校の 授業が 午前 9時から 午後 6時までです。

明日は 日本語の 会話の 試験です。試験は 10時からです。

試験の 後は 友だちと 食事です。

そして、その後は バイトです。バイトは 午後 4時から 8時 半までです。

造句練習 ···················· Writing

❶ 現在幾點？

----

❷ 3 時 20 分。

----

❸ 課程是從上午 9 點到 11 點。

----

❹ 考試是從下午 2 點開始。

----

❺ 現在是 4 點 10 分。

Hint

時
分
何時
午前
午後
今
授業
試験
〜から
〜まで

88

問題1 ＿＿＿＿ の ことばは どう よみますか。❶・❷・❸・❹から いちばん いい も
のを ひとつ えらんで ください。

1　いま 何時ですか。

　❶ いつも　　　❷ いつか　　　❸ なにじ　　　❹ なんじ

2　しけんは 午後 3時からです。

　❶ ごこ　　　　❷ ここ　　　　❸ ごご　　　　❹ こご

3　いま 4時 30分です。

　❶ よんじ　　　❷ よつじ　　　❸ しじ　　　　❹ よじ

問題2 (　　　)に なにを いれますか。❶・❷・❸・❹から いちばん いい ものを ひと
つ えらんで ください。

4　じゅぎょうは 9時から 2時 (　　　) です。

　❶ から　　　　❷ まえ　　　　❸ まで　　　　❹ あと

問題3 つぎの ことばの つかいかたで いちばん いい ものを ❶・❷・❸・❹から ひと
つ えらんで ください。

5　はん

　❶ いま、はんじですか。　　　❷ いま、1じ はんです。

　❸ いま、1じ はんぷんです。　❹ いま、1じ 30ぷん はんです。

コラム

▶動畫

　　日本動畫從1960年代起，在手塚治蟲（Tezuka Osamu, 1928－1989）的推動下大幅度成長。手塚最有名的作品便是《鉄腕アトム（原子小金剛）》（1963－66），這部動畫可以說是現今電視動畫片單集長度30分鐘的始祖。而受到手塚作品影響的有藤子不二雄（Fujiko F Fujio, 1933－1996）的《ドラえもん（哆啦A夢）》（1973－）、以及松本零士（Matsumoto Reiji, 1938－）的《銀河鉄道999（スリーナイン）（銀河鐵道999）》（1978－81）

▲哆啦A夢
▶銀河鐵道999

等漫畫作品，隨著漫畫原作改編成電視動畫的成功，對日本動畫的發展有著極大的貢獻。

　　另一方面，只要提到動畫劇場版的大師，就非宮崎駿（Miyazaki Hayao, 1941－）莫屬。《ルパン三世　カリオストロの城（魯邦三世卡里奧斯特羅之城）》（1979）為宮崎首次執導的動畫長片，之後共發表了11部由他親自執導的長篇動畫電影，其中包含具有濃厚日本色彩的《となりのトトロ（龍貓）》（1988）與《千と千尋の神隠し（神隱少女）》（2001），這兩部作品皆為聞名海內外的人氣大作。

▲龍貓
◀原子小金剛

▶電視劇

　　日本電視劇的黃金時段為晚上九點至十一點，以主要的民營電視台為例，劃分為週一到週日、每週一次、每集1小時，於黃金時段播出主打電視劇。等待了一週卻只有播出一集，這點實在是令人感到難受。

　　除此之外，民營電視台在一集1小時的電視劇中還會加入廣告時間，因此每集實際播出時間大約為40分鐘。而每部劇集通常會在第8至12集左右完結，使得觀看時間上總感覺會比較短，因此也可以等到電視劇全部播畢後，花一天的時間從頭到尾一次看完。話雖如此，還是請大家避免熬夜追劇哦！

　　以往愛情劇的人氣總是居高不下，但在2010年以後，反倒是像《家政婦のミタ（家政婦女王）》（2011）、《半沢直樹（半澤直樹）》（2013）等描述社會現象和人性方面的電視劇大受歡迎。

　　到了2016年秋天，《逃げるは恥だが役に立つ（月薪嬌妻）》的播出帶動了流行語、流行歌曲、甚至是流行舞蹈，彷彿一股社會現象。雖然本部劇被歸類在愛情劇，但它顛覆以往對愛情的概念，刻劃現代人之間的嶄新愛情觀，獲得極大的關注。

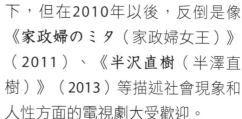

▲家政婦女王

▼月薪嬌妻

◀半澤直樹

からだ
体

* 脖子全部稱為「首_{くび}」，咽喉的部位稱為「のど」。

** 要特別區分手指、腳趾時，可以說「手の指_{て ゆび}」、「足の指_{あし ゆび}」。

お誕生日は
いつですか。

生日是什麼時候？

point
01 曜日 （星期）
02 日付 （日期）

 066

假名	漢字	中譯
げつようび	月曜日	星期一
かようび	火曜日	星期二
すいようび	水曜日	星期三
もくようび	木曜日	星期四
きんようび	金曜日	星期五
どようび	土曜日	星期六
にちようび	日曜日	星期日
なんようび	何曜日	星期幾
おととい	一昨日	前天
きのう	昨日	昨天
きょう	今日	今天
あした	明日	明天
あさって	明後日	後天
～がつ	～月	～月
～にち	～日	～號
なんがつ	何月	幾月
なんにち	何日	幾號
いつ		什麼時候
たんじょうび	誕生日	生日
なつやすみ	夏休み	暑假
ふゆやすみ	冬休み	寒假

おめでとうございます		恭喜您

だいがく	大学	大學
～ねんせい	～年生	～年級
しゅみ	趣味	興趣
カラオケ		卡拉 OK
テニス		網球
がくえんさい	学園祭	校慶

會話 ·· Dialogue

♪ 067

①

陳　今日は 何曜日ですか。

田中　火曜日です。

陳　じゃ、明日は 水曜日ですね。

火曜日！　　　何曜日？

Tip

お誕生日的
「お」用來向
對方表示敬
意，因此表示
自己的生日時
不會使用。

♪ 068

②

田中　陳さん、誕生日は いつですか。

陳　4月 8日です。

田中　え？ 明日ですね。

　　　陳さん、お誕生日、おめでとうござい
　　　ます。

おめでとう！

 069

01
ようび
曜日   星期

月	火	水	木	金	土	日	何
星期一	星期二	星期三	星期四	星期五	星期六	星期日	星期幾
げつ	か	すい	もく	きん	ど	にち	なん
ようび	ようび	ようび	ようび	ようび	ようび	ようび	ようび

前天	昨天	今天	明天	後天
おととい	きのう	きょう	あした	あさって

▶星期問答練習

❶ きょう　なんようび
今日は 何曜日ですか。

　→ きょう
　　今日は ＿＿＿＿＿ ようび
曜日です。

❷ あした　なんようび
明日は 何曜日ですか。

　→ あした
　　明日は ＿＿＿＿＿ ようび
曜日です。

Tip

名詞句過去肯
定為「～は～
でした。」過
去疑問句的
話，在句尾加
上「か」即
可。

❸ きのう　なんようび
昨日は 何曜日でしたか。

　→ きのう
　　昨日は ＿＿＿＿＿ ようび
曜日でした。

🎵 070

02-1 ～月^{がつ}　　　　　　　　　　　　　　　　　～月

1月	2月	3月	4月	5月	6月
いち がつ	に がつ	さん がつ	し がつ	ご がつ	ろく がつ

7月	8月	9月	10月	11月	12月
しち がつ	はち がつ	く がつ	じゅう がつ	じゅういち がつ	じゅうに がつ

🎵 071

02-2 ～日^{にち}　　　　　　　　　　　　　　　　　～日

日 にち	月 げつ	火 か	水 すい	木 もく	金 きん	土 ど
		1 ついたち	2 ふつか	3 みっか	4 よっか	5 いつか	6 むいか
7 なのか	8 ようか	9 ここのか	10 とおか	11 じゅう いちにち	12 じゅう ににち	13 じゅう さんにち
14 じゅう よっか	15 じゅう ごにち	16 じゅう ろくにち	17 じゅう しちにち	18 じゅう はちにち	19 じゅう くにち	20 はつか
21 にじゅう いちにち	22 にじゅう ににち	23 にじゅう さんにち	24 にじゅう よっか	25 にじゅう ごにち	26 にじゅう ろくにち	27 にじゅう しちにち
28 にじゅう はちにち	29 にじゅう くにち	30 さんじゅう にち	31 さんじゅう いちにち			

▶ 請依下方例句完成句子。

例

A 今日は 何月 何日ですか。

B 今日は 7月 7日です。

A 何曜日ですか。

B 水曜日です。

❶ A 明日は 何月 何日ですか。

B 明日は ＿＿＿＿＿＿＿＿＿＿＿＿＿ です。

A 何曜日ですか。

B ＿＿＿＿＿＿＿曜日です。

❷ A 昨日は 何月 何日でしたか。

B 昨日は ＿＿＿＿＿＿＿＿＿＿＿＿＿ でした。

A 何曜日でしたか。

B ＿＿＿＿＿＿＿曜日でした。

會話練習 .... **Exercises 2**

▶ 請依自己的情況回答下面問題。

❶ 日本語の 授業は 何曜日ですか。
例 月曜日です。

_____

❷ 今日は 何月 何日ですか。
例 5月 10日です。

_____

❸ お誕生日は いつですか。
例 4月 15日です。

_____

❹ 夏休み/冬休みは いつからですか。
例 6月 22日からです。

_____

100

▶ 請參考下方中文說明，在空白處填入適當的單字練習。

❶

A 今日は 何曜日ですか。

B ＿＿＿＿＿＿＿ です。

A じゃ、明日は ＿＿＿＿＿＿ ですね。

A 今天是星期幾？

B 星期＿＿＿＿。

A 那麼明天是星期＿＿＿＿對吧？

❷

A ＿＿＿＿＿さん、誕生日は いつですか。

B ＿＿＿＿＿月 ＿＿＿＿＿日です。

A え？ 明日ですね。

＿＿＿＿さん、お誕生日、おめでとうございます。

A ＿＿＿＿＿先生，你的生日是什麼時候？

B ＿＿＿＿＿月＿＿＿＿日。

A 喔？是明天耶！＿＿＿＿＿先生，生日快樂！

閲讀練習 .... Reading

 072

私の　誕生日は　10月　2日です。明日は　私の　誕生日です。

私は　大学　2年生で、趣味は　カラオケです。

佐藤さんは　私の　友だちです。誕生日は　4月　15日です。

大学　3年生で、趣味は　テニスです。

今日から　学園祭です。学園祭は　火曜日から　金曜日までです。

Tip

「学園祭」也可以稱作「大学祭」或「学祭」。

造句練習 .... Writing

❶ 今天星期幾？

_____

❷ 你的生日是什麼時候？

_____

❸ 考試是從什麼時候到什麼時候？

_____

❹ 明天是 9 月 20 日星期一（「20 日」請用假名書寫。）

_____

❺ 生日快樂！

Hint

今日　明日

いつ

〜月

何曜日

月曜日

二十日

誕生日

試験

〜から

〜まで

おめでとう

ございます

挑戰 JLPT ····························· **Actual Practice**

問題1 ＿＿＿＿ の ことばは どう よみますか。❶・❷・❸・❹から いちばん いい
い ものを ひとつ えらんで ください。

1 お誕生日は いつですか。

❶ たんじょうひ　　　　　❷ たんじょうび

❸ だんじょうひ　　　　　❹ だんじょうび

2 きのうは 月曜日でした。

❶ がつようび　❷ かつようび　❸ げつようび　❹ けつようび

3 きょうは 4月 1日です。

❶ よんげつ　　❷ しげつ　　　❸ よがつ　　　❹ しがつ

問題2 （　　　）に なにを いれますか。❶・❷・❸・❹から いちばん いい も
のを ひとつ えらんで ください。

4 なつやすみは （　　　）からですか。

❶ どこ　　　　❷ なに　　　　❸ だれ　　　　❹ いつ

5 こどもの 日は 5月 （　　　）です。

❶ いつか　　　❷ いつつ　　　❸ ごがつ　　　❹ ごふん

コラム

▶外食文化

　日本人在外面想要簡單解決一餐時，最常去的地方是哪裡呢？通常會選擇「定食屋」（定食餐廳）和「ファミリーレストラン（家庭餐廳）」。

　「定食屋」就像是「吉野家」和「松屋」等，主要菜單為「牛丼（牛肉蓋飯）」的「牛丼屋」，也有像是「大戸屋」或「やよい軒」這一類的家庭式快餐店。除了連鎖餐廳之外，也有許多個人經營的店家，店鋪的規模通常較小。「丼もの（蓋飯類）」或是一般家庭料理的餐點價位大部分在300至1000日圓之間，民眾能以划算的價格享用一餐。

　大部分的「ファミリーレストラン」是連鎖店，由於是一般消費，因此和「定食屋」同樣被列為大眾餐廳。家庭餐廳雖然以西式料理為主，仍有販售少部分日式餐點，而且比起「定食屋」，餐點的選擇更為多樣化。

　此外它的優勢為「ドリンクバー（飲料吧）」，提供內用者飲料（酒類除外）無限暢飲。包括「サイゼリア」、「ガスト」皆為日本知名的連鎖家庭餐廳，與「定食屋」的價位相同，定在300至1000日圓左右，只要用便宜的價格，就能輕鬆解決一餐。

▲ 漢堡排

◀ 牛肉蓋飯

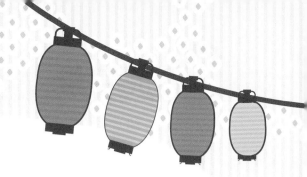

▶新年

「正月」指的是「新年」，但在日本的新年並非使用農曆，而是過新曆。本來「正月」指的是一月一整個月，但是現在「正月」指的是以國曆的 1 月 1 日為基準的新年初的這段時間。依區域的不同，有的是指 1 日〜 3 日這三天，或是到 1 月 15 日，或是 1 月 20 日。

新年是國定假日，從 1 月 1 日放到 3 日，這段期間被稱為「三が日」。事實上，很多地方是從 12 月 29 日開始放假，因此這算是一段較長的連續假期。

新年的第一天 1 月 1 日稱作「元日」，在這天早上人們為了祈求一整年的順利，會前往附近的寺廟、神社、或是全國聞名的大型寺廟或大型神社，進行第一次的參拜，日語稱作「初詣」。

在「正月」期間吃的年菜稱作「お節料理」，日本人為了在「三が日」」期間充分休息，通常不會開伙，因此他們會預先在年終時準備好易保存的食物，一層層盛裝在稱作「重箱」的方形盒子內。最近為了讓人們省下做年菜的時間，百貨公司、超市和便利商店紛紛販售起「お節料理」」，店家之間競爭激烈！

▶ 日式餐盒

▼ 年菜

◀ 新年參拜

生活字彙 ·· **Vocabulary**

かお
顔

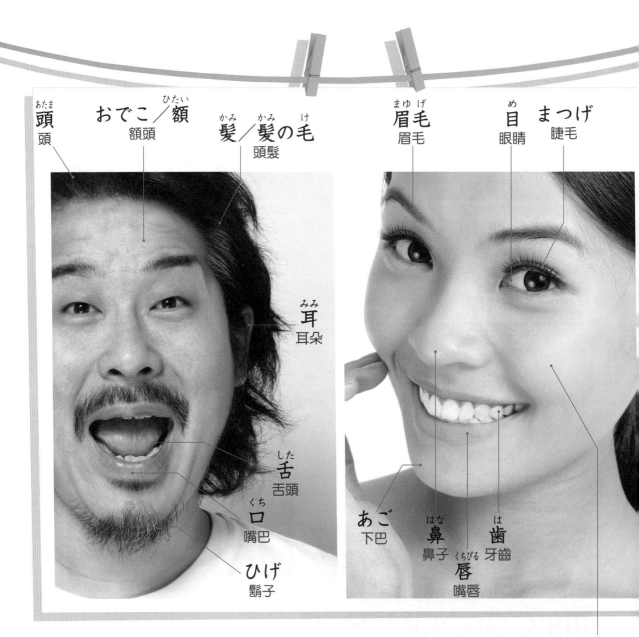

あたま
頭
頭

ひたい
おでこ／額
額頭

かみ　かみ　け
髪／髪の毛
頭髪

まゆげ
眉毛
眉毛

め
目
眼睛

まつげ
睫毛

みみ
耳
耳朵

した
舌
舌頭

くち
口
嘴巴

ひげ
鬍子

あご
下巴

はな
鼻
鼻子

くちびる
唇
嘴唇

は
歯
牙齒

ほお／ほっぺた
臉頰

106

いくらですか。

多少錢？

point
01 値段（ねだん）（價格）
02 年齢（ねんれい）（年齡）

 單字 ....

  073

假名	漢字	中譯
ねだん	値段	價錢
～えん	～円	～日幣
～げん	～元	～台幣
～ウォン		～韓幣
～ドル		～美金
～ユーロ		～歐元
ねんれい	年齢	年齡
～さい		～歲
メニュー		菜單
うどん		烏龍麵
とんかつ		炸豬排
おこのみやき	お好み焼き	大阪燒
すし		壽司
ていしょく	定食	套餐
ぎゅうどん	牛丼	牛肉蓋飯
ラーメン		拉麵
たこやき		章魚燒
カツどん	カツ丼	炸豬排蓋飯
サンドイッチ		三明治

ケーキ		蛋糕
コーヒー		咖啡
いくら		多少錢
いらっしゃいませ		歡迎光臨
すみません		對不起，不好意思
～をください		請給我～
ぜんぶで	全部で	總共

ちかく	近く	附近
カフェ		咖啡店
おすすめ		推薦
チーズケーキ		乳酪蛋糕
オレンジジュース		柳橙汁

🎵 074

店員 いらっしゃいませ。
てんいん

李 あの、すみません。
り
　　　　この ケーキは いくらですか。

店員 ２７０円です。
てんいん にひゃくななじゅう えん

李 コーヒーは いくらですか。
り

店員 コーヒーは ３２０円です。
てんいん さんびゃくにじゅう えん

李 じゃ、ケーキを 一つと コーヒーを
り ひと
　　　　二つください。
ふた

店員 はい、全部で ９１０円です。
てんいん ぜんぶ きゅうひゃくじゅう えん

學習重點 .... Grammar

 075

01　値段（ねだん）   價格

10 じゅう	100 ひゃく	1,000 せん	10,000 いちまん	100,000 じゅうまん
20 にじゅう	200 にひゃく	2,000 にせん	20,000 にまん	1,000,000 ひゃくまん
30 さんじゅう	300 さんびゃく	3,000 さんぜん	30,000 さんまん	10,000,000 いっせんまん
40 よんじゅう	400 よんひゃく	4,000 よんせん	40,000 よんまん	100,000,000 いちおく
50 ごじゅう	500 ごひゃく	5,000 ごせん	50,000 ごまん	円（えん）（日圓）
60 ろくじゅう	600 ろっぴゃく	6,000 ろくせん	60,000 ろくまん	ウォン（韓圜）
70 ななじゅう	700 ななひゃく	7,000 ななせん	70,000 ななまん	元（げん）（新台幣）
80 はちじゅう	800 はっぴゃく	8,000 はっせん	80,000 はちまん	ドル（美元）
90 きゅうじゅう	900 きゅうひゃく	9,000 きゅうせん	90,000 きゅうまん	ユーロ（歐元）

> **Tip**
> 請注音某些價格的讀音，像是百元、千元的發音差異。

▶ 價格的練習

❶ 350円　→ ＿＿＿＿＿＿＿＿＿＿ えん

❷ 1,980円　→ ＿＿＿＿＿＿＿＿＿＿ えん

❸ 3,600円　→ ＿＿＿＿＿＿＿＿＿＿ えん

❹ 18,800円　→ ＿＿＿＿＿＿＿＿＿＿ えん

❺ 177,000円→ ＿＿＿＿＿＿＿＿＿＿ えん

學習重點 ························· **Grammar**

076

02

| ねんれい 年齡 | | | | | 年齡 |

1歲	2歲	3歲	4歲	5歲	6歲
いっさい	にさい	さんさい	よんさい	ごさい	ろくさい
7歲	8歲	9歲	10歲	20歲	21歲
ななさい	はっさい	きゅうさい	じっさい じゅっさい	はたち	にじゅう いっさい

▶練習家人的年齡

❶ 17歲 → ＿＿＿＿＿＿＿＿＿ です。

❷ 20歲 → ＿＿＿＿＿＿＿＿＿ です。

❸ 45歲 → ＿＿＿＿＿＿＿＿＿ です。

❹ 52歲 → ＿＿＿＿＿＿＿＿＿ です。

❺ 76歲 → ＿＿＿＿＿＿＿＿＿ です。

077

いくつ　幾歲				
ひとつ	ふたつ	みっつ	よっつ	いつつ
むっつ	ななつ	やっつ	ここのつ	とお

Tip

日本年齡的算法
為實歲。

Tip

詢問年齡時，可
以用「何歲で
すか（請問你
幾歲？）」和
「おいくつです
か（請問您貴
庚？）」。在某
些情境中，「い
くつですか」指
的是「請問有幾
個？」。

▶ 請依下方例句完成句子。

例

550 えん

A うどんは いくらですか。

B ごひゃく ごじゅうえんです。

①

860 えん

A とんかつは いくらですか。

B _____ えんです。

②

980 えん

A お好み焼きは いくらですか。
　　この　や

B _____ えんです。

③

1300えん

A すし定食は いくらですか。
　　　ていしょく

B _____ えんです。

④

340 えん

A 牛丼は いくらですか。
　　ぎゅうどん

B _____ えんです。

⑤

730 えん

A ラーメンは いくらですか。

B _____ えんです。

▶ 請參考下方中文說明，在空白處填入適當的單字練習。

A いらっしゃいませ。

B あの、すみません。

　　この ＿＿＿＿＿＿＿ は いくらですか。

A ＿＿＿＿＿円です。

B ＿＿＿＿＿＿＿ は いくらですか。

A ＿＿＿＿円です。

B じゃ、＿＿＿＿＿＿ をひとつと ＿＿＿＿＿＿ を ふたつ ください。

A はい、全部で ＿＿＿＿＿円です。

◆ メニュー　menu 菜單		
お好み焼き	定食	牛丼
680えん	1300えん	320えん
たこやき	うどん	ラーメン
400えん	280えん	570えん

A 歡迎光臨。

B 不好意思，這個食物1 多少錢？

A ＿＿＿＿＿日圓。

B 食物2 多少錢？

A ＿＿＿＿＿日圓。

B 那麼請給我一份食物1 和二份食物2 。

A 好的，一共是＿＿＿＿＿日圓。

114

閲讀練習 .... Reading

 078

ここは 学校(がっこう)の 近(ちか)くの カフェです。

コーヒーは 300円(えん)です。

おすすめの メニューは チーズケーキと
オレンジジュースです。

チーズケーキは 600円(えん)です。

オレンジジュースは 450円(えん)です。

造句練習 .... Writing

❶ 歡迎光臨。

_____

❷ 這本書多少錢？

_____

❸ 您幾歲？

_____

❹ 那個手錶是 6,300 日圓。

_____

❺ 那麼請給我烏龍麵及炸豬排。

_____

Hint

何歳(なんさい)
いくら
円(えん)
本(ほん)
時計(とけい)
うどん
とんかつ
この
あの
じゃあ
〜と
〜を ください
いらっしゃい
ませ

問題1 _____ の ことばは どう よみますか。❶・❷・❸・❹から いちばん い
い ものを ひとつ えらんで ください。

1 私は 22 歳で、いもうとは <u>20 歳</u>です。

❶ はたつ ❷ はたち ❸ はだつ ❹ はだち

2 カツ丼は <u>600</u> 円で、ラーメンは 550 円です。

❶ ろくひゃく ❷ ろくびゃく ❸ ろっびゃく ❹ ろっぴゃく

問題2 （   ）に なにを いれますか。❶・❷・❸・❹から いちばん いい も
のを ひとつ えらんで ください。

3 A「この ケーキは （   ）ですか。」
B「それは 350 円です。」

❶ いつ ❷ いつか ❸ いくら ❹ いくつ

4 じゃ、コーヒーと サンドイッチ（   ）ください。

❶ が ❷ に ❸ へ ❹ を

5 A 「おいくつですか。」

B 「（　　　　）です。」

① にじゅうごさい　　　　② にじ

③ にひゃくえん　　　　　④ にがつ

問題3 ＿＿＿★＿＿＿ に はいる ものは どれですか。①・②・③・④から いちばん
いい ものを ひとつ えらんで ください。

6 ぜんぶで ＿＿＿＿ ＿＿＿＿ ＿★＿ ＿＿＿円です。

① はっぴゃく　② はっせん　　③ はちじゅう　④ はちまん

7 ＿＿＿＿ ＿＿＿＿ ＿★＿ ＿＿＿＿ ですか。

① この　　　　② は　　　　③ 本　　　　④ いくら

 **コラム**

▶ 祝日（國定假日）
　　　しゅくじつ

　　日本的國定假日指的是國民一同慶祝，表示感謝與紀念的節日，因此又稱作「国民の祝日（國民的慶祝節日）」。在下方表格中，有部分的國定假日定在星期一，還有許多與天皇有關的節日，這兩點可以説是日本國定假日的特色。

日期	節日	說明
1 月 1 日	元日（元旦） がんじつ	
1 月的第二個星期一	成人の日（成人節） せいじん　ひ	
2 月 11 日	建国記念の日（建國紀念日） けんこく　き ねん　ひ	初代天皇即位之日
3 月 20 – 21 日	春分の日（春分） しゅんぶん　ひ	
4 月 29 日	昭和の日（昭和之日） しょうわ　ひ	昭和天皇的生日
5 月 3 日	憲法記念日（憲法紀念日） けんぽう き ねん び	
5 月 4 日	みどりの日（綠之日） ひ	
5 月 5 日	こどもの日（兒童節） ひ	
7 月的第三個星期一	海の日（海之日） うみ　ひ	2003 年後改為星期一
8 月 11 日	山の日（山之日） やま　ひ	於 2016 年開始實施
9 月的第三個星期一	敬老の日（敬老之日） けいろう　ひ	2003 年後改為星期一
9 月 22 – 23 日	秋分の日（秋分） しゅうぶん　ひ	
10 月的第二個星期一	体育の日（體育節） たいいく　ひ	
11 月 3 日	文化の日（文化節） ぶんか　ひ	
11 月 23 日	勤労感謝の日（勞動感謝節） きんろうかんしゃ　ひ	天皇於宮中舉行活動
12 月 23 日	天皇誕生日（天皇誕辰日） てんのうたんじょうび	現任天皇的生日

▶ 公共交通機関（大眾運輸工具）

　　到日本旅遊時，可以選擇承租遊覽車或是包車作為旅遊的交通方式，但是在日本旅行，特別是自由行，大多會選擇搭乘大眾運輸工具，能以便宜又輕鬆的方式抵達目的地。

　　東京屬於大部分的遊客最為偏好的觀光地點，為了協助大家安排東京旅遊，在此介紹東京大眾運輸的搭乘方式。

　　避免每搭乘一次大眾運輸，就得買一次車票的繁複手續，建議大家使用交通卡。東京的交通卡分成 Suica 和 PASMO，購買卡片後便可以加值使用。這些卡片都有一些乘車優惠，甚至在某些商店購物或用餐時，亦可以使用交通卡結帳。除了首都區域之外，這兩張卡片還可以在北海道、九州等地區使用。

　　如果依照旅行的地點選擇適合的交通票券，則能以更為划算的價格旅遊。一般人口中的東京，正確來說指的是「東京都」，而「東京都区部」指的是東京23個「特別区」的區域。若以東京特別區為中心搭乘地鐵觀光，建議可以購買「東京メトロ（東京地鐵）」一日券（600日圓）。

　　「東京メトロ」由民營公司經營，包含九條路線；如果購買東京地鐵一日券，搭乘範圍會再加上4條由東京都營運的地下鐵路線，就可以到達大部分想去的遊覽觀光景點。

　　另外，「都営地下鉄」的票（700日圓），在一天內可以自由搭乘都營巴士、都營電車。上述票券之外，還有眾多既方便又便宜的票券，建議可以依照目的地選擇合適的票券。

メニュー

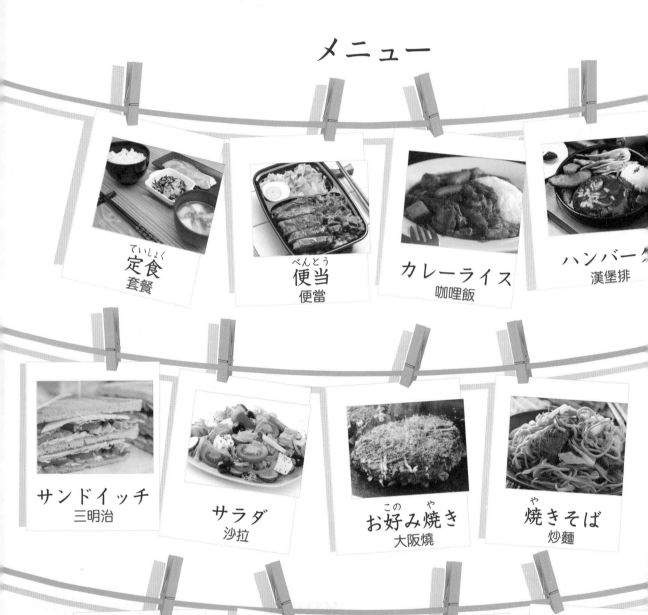

ていしょく
定食
套餐

べんとう
便当
便當

カレーライス
咖哩飯

ハンバーグ
漢堡排

サンドイッチ
三明治

サラダ
沙拉

この や
お好み焼き
大阪燒

や
焼きそば
炒麵

とんかつ
炸豬排

あ
から揚げ
炸雞

てん
天ぷら
天婦羅

どん
かつ丼
炸豬排蓋飯

日本語は
おもしろいです。

日文是有趣的。

point

01 形容詞（い形容詞和な形容詞）

02 〜は どうですか。 （…如何？）

單字

 079

假名	漢字	中譯
あつい	暑い	天氣熱的
さむい	寒い	天氣冷的
おおきい	大きい	大的
ちいさい	小さい	小的
たかい	高い	貴的、高的
やすい	安い	便宜的
おいしい		好吃的
むずかしい	難しい	難的
おもしろい		有趣的
かわいい		可愛的
かっこいい		帥的
いい	良い	好的
たのしい	楽しい	愉快的
ねむい	眠い	睏的
こわい	怖い	恐怖的，兇的
やさしい	優しい	溫柔的
きびしい	厳しい	嚴格的
いそがしい	忙しい	忙的
しんせつ（な）	親切（な）	親切的
げんき（な）	元気（な）	身體好的，健康的
きれい（な）		漂亮的，乾淨的

しずか（な）	静か（な）	安靜的
にぎやか（な）		熱鬧的
ゆうめい（な）	有名（な）	有名的
かんたん（な）	簡単（な）	簡單的
べんり（な）	便利（な）	方便的
たいくつ（な）	退屈（な）	無聊的
どう		如何
とても		非常
ねこ	猫	貓
いえ	家	家
としょかん	図書館	圖書館
はな	花	花
みせ	店	商店
きょうしつ	教室	教室
あめ	雨	雨
パーティー		派對
てんき	天気	天氣
べんきょう	勉強	學習
えいが	映画	電影
レストラン		餐廳
りょこう	旅行	旅行
せいせき	成績	成績

單字 ·········· Vocabulary

かしゅ	歌手	歌手
りょかん	旅館	日式旅館
デパート		百貨公司
コンサート		演唱會
たべもの	食べ物	食物
あまり		不太～（用於否定句）
すごく		非常
ちょっと		有一點
ぜんぜん		完全（用於否定句）

ちゅうごくご	中国語	中文
でも		不過

なかがいい	仲がいい	感情好
りょうり	料理	料理

🎵 080

渡辺　林さん、日本語の 勉強は どうですか。

林　　とても おもしろいです。

　　　渡辺さん、中国語の 授業は どうですか。

渡辺　楽しいです。でも、ちょっと むずかしいです。

林　　そうですか。中国語の 先生は 親切ですか。

渡辺　そうですね。あまり 親切じゃ ありません。

學習重點

 081

01　形容詞

» い形容詞

暑い	炎熱的	高い	高的／貴的	おもしろい	有趣的
寒い	寒冷的	安い	便宜的	かわいい	可愛的
大きい	大的	おいしい	好吃的	かっこいい	帥的
小さい	小的	難しい	困難的		

» な形容詞

親切(な)	親切的	静か(な)	安靜的	簡単(な)	簡單的
元気(な)	有精神的	有名(な)	有名的	便利(な)	方便的
きれい(な)	漂亮的；乾淨的				

 082

	い形容詞	な形容詞
基本形	大きい	きれい
（現在）肯定	大きい です	きれいです
（現在）否定	おおきく ないです（大きく ありません）	きれいじゃ ないです（きれいじゃ ありません）
（過去）肯定	大き かったです	きれい でした
（過去）否定	大きく なかったです（大きく ありません でした）	きれいじゃ なかったです（きれいじゃ ありません でした）

【例外】いい： ❌ いく ありません　✅ よく ありません

Tip

在字典中，な形容詞並不會表示成だ的形態。以「親切」為例，字典中不會看到「親切だ」，而是去掉「だ」後，只保留「親切」。此處的「親切」可以稱作為な形容詞的「語幹」。

083

02 形容詞的現在肯定

» い形容詞：～い ＋ です。

ねこは かわいいです。

私（わたし）の 家（いえ）は 大（おお）きいです。

その かばんは 高（たか）いです。

» な形容詞：～~~だ~~ ＋ です。

図書館（としょかん）は 静（しず）かです。

この 花（はな）は きれいです。

山田（やまだ）さんは 元気（げんき）です。

 084

03 形容詞的現在否定

» い形容詞：～~~い~~ ～くないです

日本語（にほんご）は 難（むずか）しく ないです。

この店（みせ）は 高（たか）くないです。

» な形容詞：～~~だ~~ ～じゃありません

教室（きょうしつ）は きれいじゃ ありません。

この試験（しけん）は 簡単（かんたん）じゃ ありません。

Tip

「いい」和「よい」皆用來指「好的」，但是若加上變化時，只會使用「よい」。例如：「不好的」會説「よくありません」，而非「いくありません」。

 085

04 形容詞的過去肯定用法

» い形容詞：～~~い~~　～かった＋です

昨日の 試験は 難しかったです。
（きのう　しけん　むずか）

先週は 暖かかったです。
（せんしゅう　あたた）

» な形容詞／名詞：～~~だ~~　～でした

昨日の 授業は 簡単でした。
（きのう　じゅぎょう　かんたん）

先週は 雨でした。
（せんしゅう　あめ）

 086

05 形容詞的過去否定用法

» い形容詞：～~~い~~　～くなかったです

先週は 寒くなかったです。
（せんしゅう　さむ）

パーティーは 楽しくなかったです。
（たの）

» な形容詞／名詞：～~~だ~~　～じゃありませんでした

彼は 親切じゃありませんでした。
（かれ　しんせつ）

昨日は いい天気じゃありませんでした。
（きのう　てんき）

087

06 ～は　どうですか。　　　　　　　　　　　～如何？

にほんご べんきょう
日本語の　勉強は　どうですか。

せんせい
先生は　どうですか

▶ 練習提問與回答

❶ にほん えいが
日本の　映画は　どうですか。

→ とても　おもしろいです。

→ あまり　おもしろく　ないです

❷ けいたい
この携帯は　どうですか。

べんり
→ とても　便利です。

べんり
→ あまり　便利じゃ　ありません。

 088

07 ～は　どうでしたか。　　　　　　　～當時如何？

にほんご べんきょう
日本語の　勉強は　どうでしたか。

せんせい
先生は　どうでしたか。

▶ 練習提問與回答

❶ きのう
昨日の　レストランは　どうでしたか。

→ とても　おいしかったです。

→ あまり　おいしくなかったです。

❷ ほっかいどうりょこう
北海道旅行は　どうでしたか。

たの
→ とても　楽しかったです。

たの
→ あまり　楽しくなかったです。

▶ 請依下方例句完成句子。

例

① 今日は 寒いですか。

はい、寒いです。

いいえ、寒く ないです。

② 図書館は 静かですか。

はい、静かです。

いいえ、静かじゃ ありません。

① 勉強は 難しいですか。

はい、＿＿＿＿＿＿＿＿＿＿＿＿＿＿＿＿。

いいえ、＿＿＿＿＿＿＿＿＿＿＿＿＿＿。

② 成績は いいですか。

はい、＿＿＿＿＿＿＿＿＿＿＿＿＿＿＿＿。

いいえ、＿＿＿＿＿＿＿＿＿＿＿＿＿＿。

③ この 歌手は 有名ですか。

はい、＿＿＿＿＿＿＿＿＿＿＿＿＿＿＿＿。

いいえ、＿＿＿＿＿＿＿＿＿＿＿＿＿＿。

④ この 教室は きれいですか。

はい、＿＿＿＿＿＿＿＿＿＿＿＿＿＿＿＿。

いいえ、＿＿＿＿＿＿＿＿＿＿＿＿＿＿。

練習 2 .... Exercises 2

▶ 請依下方例句完成句子。

例

① 昨日(きのう)は 忙(いそが)しかったですか。

はい、<u>忙(いそが)しかったです</u>。

いいえ、<u>忙(いそが)しくなかったです</u>。

② 旅館(りょかん)は きれいでしたか。

はい、<u>きれいでした</u>。

いいえ、<u>きれいじゃありませんでした</u>。

① 昨日(きのう)の 晩(ばん)ごはんは おいしかったですか。

はい、_____。

いいえ、_____。

② 木村(きむら)さんは 元気(げんき)でしたか。

はい、_____。

いいえ、_____。

③ デパートは にぎやかでしたか。

はい、_____。

いいえ、_____。

④ コンサートは 良(よ)かったですか。

はい、_____。

いいえ、_____。

會話練習 .... **Exercises 3**

▶ 請依自己的情況回答下面問題。

❶ 日本語の 授業は どうですか。

例 とても おもしろいです。

_____

❷ 日本の 食べ物は どうですか。

例 あまり おいしく ないです。

_____

❸ 先週の 授業は どうでしたか。

例 とても 簡単でした。

_____

❹ 昨日の 天気は どうでしたか。

例 とても 良かったです。

_____

▶ 請參考下方中文說明，在空白處填入適當的單字練習。

★
面白_{おもしろ}い 有趣的
難_{むずか}しい 困難的
楽_{たの}しい 愉快的
簡単_{かんたん}(な) 簡單的
退屈_{たいくつ}(な) 無聊的
眠_{ねむ}い 想睡的

☆
きれい(な) 漂亮
的；乾淨的
親切_{しんせつ}(な) 親切的
怖_{こわ}い 可怕的
優_{やさ}しい 溫柔的
厳_{きび}しい 嚴格的

A _____さん、日本語_{にほんご}の 勉強_{べんきょう}は どうですか。

B とても ____★____ 。

_____さん、_____の 授業_{じゅぎょう}は どうですか。

A ___★___ 。でも、ちょっと _____★ 。

B そうですか。_____の 先生_{せんせい}は ☆___ 。

A はい／いいえ、____☆____ 。

A _____先生，日文課上得怎麼樣呢？

B 非常____★ 。

_____先生、韓文／英文／中文 課程上得怎麼樣呢？

A ___★ 。但是有一點__★___ 。

B 這樣子啊！。韓文／英文／中文 老師_____☆___嗎？

A 是／不是、_☆_ 。

閲讀練習 .... Reading

 089

山田さんは 私の 友だちです。とても 仲が いいです。

山田さんは かわいいです。そして 親切です。

昨日は 山田さんの 誕生日パーティーでした。

パーティーは とても 楽しかったです。

でも、料理は あまり おいしくなかったです。

Tip

請記得形容詞前面可以加上一些副詞，表示形容詞的強弱程度。要注意有些副詞後面要加上否定表現，像是「あまり、ぜんぜん」。如「あまりかわいくないです。（不怎麼可愛）」、「ぜんぜんかわいくないです。（一點都不可愛）」。另外還有還有「すごく（非常）」、「ちょっと（稍稍）」等等。

造句練習 .... Writing

❶ 今天很炎熱。

----

❷ 這本書非常有趣。

----

❸ 日文不怎麼難。

----

❹ 這家店很安靜。

----

❺ 那個人是漂亮，但是不親切。

Hint

今日 本

日本語

店 この

あの 暑い

おもしろい

難しい 静かだ

きれいだ 親切だ

とても あまり

～（い形容詞）
く ありません

～（な形容詞）
じゃ ありません

挑戰 JLPT ⋯⋯⋯⋯⋯⋯⋯⋯⋯⋯ Actual Practice

問題 1 ＿＿＿ の ことばは どう よみますか。❶・❷・❸・❹から いちばん いい ものを ひとつ えらんで ください。

1 きょうは 暑いですね。

❶ あてい　　❷ あつい　　❸ さめい　　❹ さむい

2 この へやは とても 静かです。

❶ しずか　　❷ まどか　　❸ さやか　　❹ のりか

3 かとうさんは とても 親切です。

❶ しんせち　　❷ しんせつ　　❸ ちんせつ　　❹ ちんせち

問題 2 （　　　） に なにを いれますか。❶・❷・❸・❹から いちばん いい ものを ひとつ えらんで ください。

4 私の ともだちは （　　　） です。

❶ かわい　　❷ かわいく　　❸ きれい　　❹ きれいな

5 えいごは （　　　） むずかしいです。

❶ すぐに　　❷ べつに　　❸ あまり　　❹ とても

6 この ほんは あまり （　　　） ありません。

❶ たかいく　　❷ たかいじゃ　❸ たかく　　　❹ たかじゃ

問題3 ＿＿★＿＿ に はいる ものは どれですか。❶・❷・❸・❹から いちばん いい
ものを ひとつ えらんで ください。

7 ＿＿＿＿ ＿＿＿＿ ＿★＿ ＿＿＿＿ですね。

❶ あの人　　❷ きれい　　❸ とても　　❹ は

季節

はる
春
春天

なつ
夏
夏天

あき
秋
秋天

ふゆ
冬
冬天

あたた
暖かい
溫暖的

あつ
暑い
炎熱的

すず
涼しい
涼爽的

さむ
寒い
寒冷的

はなみ
花見
賞花

はなび
花火
煙火

こうよう
紅葉
紅葉

ゆき
雪
雪

どんな 音楽（おんがく）が 好（す）きですか。

你喜歡什麼音樂？

point

  単字 ....

🎵090

假名	漢字	中譯
いぬ	犬	狗
ひと	人	人
りょうり	料理	料理
ところ	所	地方
たいぺい	台北	臺北
おきなわ	沖縄	沖縄
うみ	海	海邊
どんな		什麼樣的
はげしい	激しい	激烈的
あかるい	明るい	明亮的
うるさい		吵鬧的
にぎやか（な）		熱鬧的
アップテンポ（な）		加快節奏的
すき（な）	好き（な）	喜歡的
きらい（な）	嫌い（な）	不喜歡的
じょうず（な）	上手（な）	高明的
へた（な）	下手（な）	不行的
おちゃ	お茶	茶
どちら		哪一個
ハワイ		夏威夷

そば	蕎麦	蕎麥麵
ごはん	ご飯	米飯
パン		麵包
ギター		吉他
ピアノ		鋼琴
さしみ	刺身	生魚片
もの	物	東西
へび	蛇	蛇

おんがく	音楽	音樂
スポーツ		運動
サッカー		足球

アニメ		卡通
なか	中	裡面
トトロ		龍貓
いちばん	一番	最～
それから		然後
だいすき（な）	大好き（な）	很喜歡的

會話 ·························· Dialogue

 091

山本　趙さんは どんな 音楽が 好きですか。

趙　　静かな 音楽が 好きです。

山本　私もです。スポーツは 何が 好きですか。

趙　　そうですね。サッカーが 好きです。山本さんは？

山本　私は サッカーより テニスの 方が 好きです。

趙　　私も テニスが 好きです。でも、あまり 上手じゃ ありません。

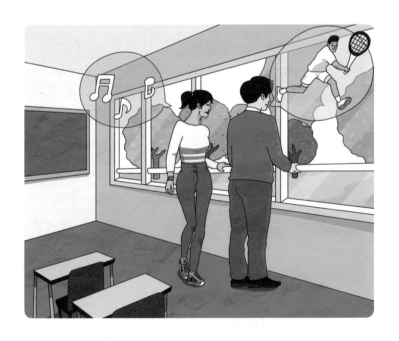

 092

01 形容詞修飾名詞

01-1【形容詞】＋【名詞】

> い形容詞： ～い＋名詞

かわいい 犬（いぬ）　可愛的狗

> な形容詞： ～な＋名詞

有名（ゆうめい）な 人（ひと）　有名的人

【例句】

❶ おもしろい 映画（えいが）です。
❷ きれいな 人（ひと）です。
❸ おいしい 料理（りょうり）です。
❹ 台北（たいぺい）は にぎやかな ところです。

01-2 どんな＋【名詞】　什麼樣的～

> どんな 人（ひと） 什麼樣的人　どんな ところ 什麼樣的地方

【例句】

❶ 日本語（にほんご）の 先生（せんせい）は どんな 人（ひと）ですか。
❷ 東京（とうきょう）は どんな ところですか。
❸ 沖縄（おきなわ）は 海（うみ）が きれいな ところです。

🎵 093

02　形容詞的て形

>> い形容詞：　〜くて＋形容詞＋です

　小さくて かわいいです。　　又小又可愛。

>> な形容詞：　〜で＋形容詞＋です

　きれいで 親切です。　　又漂亮又親切。

【例句】

❶ 安い ＋ おいしい
　この 店は 安くて おいしいです。

❷ 親切 ＋ 優しい
　先生は 親切で 優しい 人です。

❸ 静か ＋ きれい
　ここは 静かで きれいな ところです。

🎵 094

03　[名詞]が [好き / 嫌い / 上手 / 下手]

私は 音楽が 好きです。

木村さんは 犬が 嫌いです。

私の 友達は 料理が 上手です。

私は サッカーが 下手です。

Tip

在日語中，「喜歡、討厭、擅長、不擅於」前方並不會加上助詞「を」，而是要用「が」。

095

04 比較表現

A コーヒーと お茶と、どちらが 好きですか。

B お茶より コーヒーの 方が 好きです。

B どちらも 好きじゃ ありません。

【例句】

❶ 東京と 台北と、どちらが にぎやかですか。
→台北より 東京の ほうが にぎやかです。

❷ この服と あの服と、どちらが 高い

ですか。
→この服より あの服の ほうが 高いです。

❸ 日本語と 英語と、どちらが 上手ですか。
→英語より 日本語の ほうが 上手です。

練習 **1** .... Exercises **1**

▶ 請依下方例句完成句子。

例

❶ お母<ruby>母<rt>かあ</rt></ruby>さんは どんな 人<ruby>人<rt>ひと</rt></ruby>ですか。

優<ruby>優<rt>やさ</rt></ruby>しい → 優<ruby>優<rt>やさ</rt></ruby>しい 人<ruby>人<rt>ひと</rt></ruby>です。

❷ 大阪<ruby>大阪<rt>おおさか</rt></ruby>は どんな ところですか。

にぎやか → にぎやかな ところです。

❶ キムさんの 時計<ruby>時計<rt>とけい</rt></ruby>は どんな 時計<ruby>時計<rt>とけい</rt></ruby>ですか。

→ ＿＿＿＿＿＿＿＿＿＿＿時計<ruby>時計<rt>とけい</rt></ruby>です。

❷ 東京<ruby>東京<rt>とうきょう</rt></ruby>は どんな ところですか。

→ ＿＿＿＿＿＿＿＿＿＿＿ところです。

❸ ハワイは どんな ところですか。

→ ＿＿＿＿＿＿＿＿＿＿＿ところです。

❹ 田中<ruby>田中<rt>たなか</rt></ruby>さんは どんな 人<ruby>人<rt>ひと</rt></ruby>ですか。

→ ＿＿＿＿＿＿＿＿＿＿＿人<ruby>人<rt>ひと</rt></ruby>です。

▶ 請依下方例句完成句子。

例

A <u>うどんと そば</u>と、どちらが 好^すきですか。

B <u>うどん/そば</u>の ほうが 好^すきです。

うどん /そば

* どちらも 好^すきです。哪一個都喜歡。
　どちらも 好^すきじゃ ありません。哪一個都不喜歡。

❶

A ＿＿＿＿＿ と ＿＿＿＿＿ と、どちらが 好^すきですか。

B ＿＿＿＿＿＿＿ の ほうが 好^すきです。

いぬ / ねこ

❷

A ＿＿＿＿＿ と ＿＿＿＿＿ と、どちらが 好^すきですか。

B ＿＿＿＿＿＿＿ の ほうが 好^すきです。

ごはん / パン

❸

A ＿＿＿＿＿ と ＿＿＿＿＿ と、どちらが 好^すきですか。

B ＿＿＿＿＿＿＿ の ほうが 好^すきです。

日本語 / 英語

❹

A ＿＿＿＿＿ と ＿＿＿＿＿ と、どちらが 上手^{じょうず}ですか。

B ＿＿＿＿＿＿＿ の ほうが 上手^{じょうず}です。

ギター / ピアノ

▶ 請依自己的情況回答下面問題。

① どんな 人が 好きですか。

例 かわいい 人が 好きです。

例 親切で 元気な 人が 好きです。

_____

② どんな 食べ物が 好きですか。

例 さしみが 好きです。

_____

③ 嫌いな ものは 何ですか。

例 へびが 嫌いです。

_____

▶ 請參考下方中文說明，在空白處填入適當的單字練習。

A ＿＿＿＿＿さんは どんな 音楽（おんがく）が 好（す）です か。

B ＿＿＿＿＿★ 音楽（おんがく）が 好（す）きです。

A 私（わたし）もです。スポーツは 何（なに）が 好（す）きで すか。

B そうですね。＿＿☆1＿＿ が 好（す）き で す 。 ＿＿＿＿＿さんは？

A 私（わたし）は ＿＿☆1＿＿ より
＿＿☆2＿＿ の 方（ほう）が 好（す）きです。

B 私（わたし）も ＿＿☆2＿＿ が 好（す）きです。
でも、あまり 上手（じょうず）じゃ ありませ ん。

A ＿＿＿＿＿先生喜歡什麼樣的音樂？
B 喜歡＿★＿的音樂。
A 我也是。你喜歡什麼運動？
B 這個嘛～。我喜歡＿☆1＿先生，你呢？
A 比起＿☆1＿我比較喜歡＿☆2＿。
B 我也喜歡＿☆2＿。但是，我不太擅長。

 Hint

★（形容詞）
静（しず）か（な）安靜的
激（はげ）しい 激烈的
明（あか）るい 活潑的

☆（運動）
サッカー 足球
テニス 網球
野球（やきゅう）棒球
バスケットボール 籃球
バレーボール 排球
卓球（たっきゅう）桌球
バドミントン 羽毛球
スキー 滑雪
スケート 溜冰
マラソン 馬拉松
柔道（じゅうどう）柔道
空手（からて）空手道
テコンドー 跆拳道
剣道（けんどう）劍道

096

私_{わたし}は 日本_{にほん}の アニメが 好_すきです。日本_{にほん}の アニメ
の 中_{なか}では トトロが 一番_{いちばん} 好_すきです。

それから、日本_{にほん}の 食_たべ物_{もの}も 好_すきです。

すしと ラーメン が 大好_{だいす}きです。

ラーメンは 安_{やす}くて おいしいです。

でも、すしは ちょっと 高_{たか}いです。

▶請寫下自己喜歡／討厭／擅長／不擅長的東西。

① 私_{わたし}は ＿＿＿＿＿＿＿ が 好_すきです。

② 私_{わたし}は ＿＿＿＿＿＿＿ が 嫌_{きら}いです。

③ 私_{わたし}は ＿＿＿＿＿＿＿ が 上手_{じょうず}です。

④ 私_{わたし}は ＿＿＿＿＿＿＿ が 下手_{へた}です。

挑戰 JLPT ································· **Actual Practice**

問題1 ＿＿＿＿＿ の ことばは どう よみますか。❶・❷・❸・❹から いちばん い
い ものを ひとつ えらんで ください。

1 私の ともだちは りょうりが 上手です。

　❶ へた　　　　❷ かしゅ　　　❸ じょうず　　❹ じょうしゅ

2 私は べんきょうが 嫌いです。

　❶ こわい　　　❷ よわい　　　❸ きれい　　　❹ きらい

問題2 （　　　）に なにを いれますか。❶・❷・❸・❹から いちばん いい も
のを ひとつ えらんで ください。

3 せんせいは （　　　　） やさしい 人です。

　❶ しんせつだ　❷ しんせつで　❸ しんせつに　❹ しんせつの

4 私は （　　　） 人が すきです。

　❶ げんきだ　　❷ げんきで　　❸ げんきな　　❹ げんきに

挑戰 JLPT ···························· **Actual Practice**

問題3 ___★___ に はいる ものは どれですか。❶・❷・❸・❹から いちばん いい
ものを ひとつ えらんで ください。

⑤ 私は いぬ_____ ___★___ _____ _____です。

❶ ねこの　　　　❷ すき　　　　❸ ほうが　　　　❹ より

コラム

▶ 便利超商

　　隨著獨居人口和高齡化人口的增加帶動了飲食生活的轉變，使得便利超商的數量快速增加，在日本人氣最高的超商是7-11。以2015年為基準，該年的店舖數量為18,572家，銷售額將近4兆2910日圓，銷售數字極為驚人。無論是日本人還是造訪日本的外國人，都會在7-11消費。

　　而日本超商有哪些人氣商品呢？在此提供以食物類為主的資訊。

　　雖然目前該節目已經播畢，但是過去曾在「所さんのニッポンの出番（所先生的日本登場）」的「コンビニグルメ（超商美食）」篇中，播出過由外國人評比試吃的超商美食排行榜。

　　在此為大家介紹前三名超商美食，第三名為「金のビーフカレー（黃金牛肉咖哩）」，它的特點為由22種蔬菜熬煮出來的咖哩，只要微波加熱便可輕鬆食用。第二名為「さばの塩焼（鹽烤鯖魚）」，毫無腥味、無骨無刺，連外國人都不得不愛上這一味。第一名則是「マンゴーアイスバー（芒果冰棒）」，口感彷彿新鮮芒果般，令人讚不絕口。以上排行是經過四年間113次的投票所評定出的結果，因此可說是蘊含日本精神的商品，下次造訪日本時，不妨可以品嚐看看這些超商美食。

スポーツ

野球
<small>や きゅう</small>
棒球

サッカー
足球

ラグビー
美式足球

テニス
網球

バドミントン
羽毛球

バレーボール
排球

卓球
<small>たっきゅう</small>
桌球

バスケットボール*
籃球

ゴルフ
高爾夫

柔道
<small>じゅうどう</small>
柔道

剣道
<small>けんどう</small>
劍道

空手
<small>からて</small>
空手道

＊バスケ：籃球

附錄

翻譯

Lession 4

■ 會話 P 54

佐藤：初次見面，我是佐藤博史。
李　：初次見面，我姓李。
佐藤：請多多指教。
李　：我也要請你多多指教。
佐藤：李小姐是學生嗎？
李　：是的，我是一名學生。佐藤先生也
　　　是學生嗎？
佐藤：不，我不是學生。我是上班族。

■ 學習重點 P 55-56

01　我是留學生。
　　石井小姐是教師。
　　她是韓國人。

02　我也是大學生。
　　山田先生也是醫生。
　　他也是中國人。

03　田中先生是公務員嗎？
　　→是的，我是公務員。
　　老師也是日本人嗎？
　　→是的，老師也是日本人。

04　中野先生是公司員工嗎？
　　→不是，我不是公司員工，我是主
　　　婦。
　　他也是日本人嗎？
　　→不是，他不是日本人，他是中國
　　　人。

■ 閱讀練習 P 61

初次見面，我是立花香，公司職員。
我的住所是在東京。
請多多指教。
李先生也是公司職員嗎？
您住所在哪裡？
請您回覆。

Lession 5

■ 會話 P 68

李　：那是什麼？
鈴木：這是鉛筆。
李　：那是誰的鉛筆？
鈴木：這支鉛筆是我的。
李　：那本書也是鈴木先生的嗎？
鈴木：不，這不是我的。是山田先生。

■ 學習重點 P 69-70

01　這個是什麼？→那是手錶的。
　　那是什麼？→這是眼鏡。
　　那是什麼？→那是帽子。

02　這個是老師的包包。
　　那個人是我的朋友。
　　木村先生是英文老師。
　　那是什麼的教科書？
　　→那是日文的教科書。

03　這支眼鏡是我的。
　　那本字典是老師的。
　　那雙鞋是佐藤先生的。
　　那支手錶不是我的。

■ 閱讀練習 P 74

這是日本的錢。
這是千圓紙幣，這個人是野口英世。
這座山是富士山，這花朵是櫻花。
那是韓國的錢。
那是中國的錢。

Lession 6

■ 會話　P 80

朴　：嗯，高橋先生，現在幾點了？
高橋：嗯～，現在是 8 點 50 分。下一節課
　　　是幾點開始？

朴　：11 點開始。 高橋先生呢？
高橋：我是從下午 2 點到 4 點。

■ 學習重點 P 85

03　日文課是幾點到幾點？
　　上午 8 點到下午 1 點。
　　銀行是幾點到幾點？
　　銀行是上午 9 點到下午 4 點。

04　電話號碼是幾號？
　　是 010-2345-6789。

■ 閱讀練習 P 88

今天學校的課是上午 9 點到下午 6 點。
明天是日文會話的考試。考試是從 10 點開始。
考試之後要跟朋友吃飯。
接下來，之後是去打工。打工是下午 4 點到 8 點半。

Lesson 7

■ 會話 P 96

1　陳　：今天是星期幾？
　　田中：星期二。
　　陳　：那麼明天是星期三囉。

2　田中：陳先生的生日是什麼時候？
　　陳　：4 月 8 日。
　　田中：喔？是明天對吧？祝你生日快樂。

■ 學習重點 P 97

01　1 今天是星期幾？
　　2 明天是星期幾？
　　3 昨天是星期幾？

■ 閱讀練習 P 102

我的生日是 10 月 2 日。明天是我的生日。
我是大學二年級，興趣是卡拉 OK。
佐藤先生是我的朋友，生日是 4 月 15 日。
大學三年級，興趣是網球。
從今天開始是校慶，校慶是從星期二到星期五。

Lesson 8

■ 會話　P 110

店員：歡迎光臨。
李　：嗯～，不好意思，這個蛋糕多少錢？
店員：是 270 日圓。
李　：咖啡多少錢？
店員：咖啡是 320 日元。
李　：那麼，我想要一個蛋糕和兩杯咖啡。
店員：好的，全部是 910 日圓。

■ 閱讀練習　P 115

這裡是學校附近的咖啡店。
咖啡一杯 300 日圓。
推薦的菜單是起司蛋糕和柳橙汁。
柳橙汁是 450 元。起司蛋糕是 600 日圓。

Lesson 9

■ 會話　P 125

渡邊：林小姐，日語課上得怎麼樣？
林　：非常有趣。渡邊先生，中文課上得怎麼樣？
渡邊：很有趣。但是有點困難。
林　：這樣子啊。你的中文老師親切嗎？
渡邊：這個嘛～。不太親切。

■ 學習重點 P 127-129

02　▶ い形容詞
　　貓是可愛的。
　　我的家是大的。
　　那個包包是貴的。
　　▶ な形容詞
　　圖書館是安靜的。
　　這個花是美麗的。
　　山田先生是有精神的。

03　▶ い形容詞
　　日文不是困難的。
　　這家店不貴。
　　▶ な形容詞
　　教室不乾淨。
　　這個考試不簡單。

04 形容詞的過去肯定用法
　　▶ い形容詞
　　　　昨天的考試很難。
　　　　上個禮拜很溫暖。
　　▶ な形容詞 / 名詞
　　　　昨天的課很簡單。
　　　　上個禮拜下雨。

05 形容詞的過去否定用法
　　▶ い形容詞
　　　　上個禮拜不冷。
　　　　派對不有趣。
　　▶ な形容詞 / 名詞
　　　　他以前不親切。
　　　　昨天天氣不好。

06　日文課上得怎麼樣？
　　老師怎麼樣？

■ 練習提問與回答
　❶ 日本電影怎麼樣？
　　非常有趣。
　　不太有趣。
　❷ 這支手機怎麼樣？
　　非常方便。
　　不太方便。

07　日文課上得怎麼樣？
　　老師怎麼樣？

■ 練習提問與回答
　❶ 昨天的餐廳怎麼樣？
　　非常好吃。
　　不怎麼好吃。
　❷ 北海道旅行怎麼樣？
　　非常愉快。
　　不怎麼愉快。

■ 閱讀練習 P 134

山田小姐是我的朋友，我們感情很好。
山田小姐很可愛，而且很親切。
昨天是山田小姐的生日慶祝會。
慶祝會時很開心。
可是食物不太好吃。

Lesson 10

■ 會話　P 142

山本：趙小姐喜歡什麼樣的音樂？
趙　：我喜歡安靜的音樂。
山本：我也是。妳喜歡什麼體育運動？
趙　：這個嘛～。我喜歡足球。山本先生
　　　呢？
山本：我喜歡網球多於足球。
趙　：我也喜歡網球。但不是很厲害。

■ 學習重點 P 143-145

01　01-1 │例句│
　　　　有趣的電影。
　　　　漂亮的人。
　　　　好吃的料理。
　　　　台北是熱鬧的地方。
　　01-2 │例句│
　　　　日文老師是什麼樣的人？
　　　　東京是什麼樣的地方？
　　　　沖繩是海很漂亮的地方。

02 │例句│ 這家店又便宜又好吃。
老師是親切又溫柔的人。
這裡是寧靜又漂亮的地方。

03 我喜歡音樂。
木村先生討厭狗。
我的朋友擅長烹飪。
我不擅長足球。

04
1 東京和台北,哪一個熱鬧?
→ 比起台北,東京比較熱鬧。
2 這件衣服和那件衣服,哪一個貴?
→ 比起這件衣服,那件衣服比較貴。
3 日文和英文,您擅長哪一個?
→ 比起英文,我比較擅長日文。

■ 閱讀練習 P 150
我最喜歡日本動漫,日本動漫之中我最喜
歡龍貓。
然後我也喜歡日本的食物。
我最喜歡壽司和拉麵。
拉麵又便宜又好吃。
但是壽司就有點貴。

解答

Lesson 3

■ 挑戦 JLPT！ P 49

❶ 2   ❷ 2   ❸ 3   ❹ 4   ❺ 1

Lesson 4

■ 練習 1　P 57

❶ キムさんは会社員です。
❷ 吉田さんは主婦です。
❸ パクさんは韓国人です
❹ 王さんも中国人です
❺ 先生も日本人です。

■ 練習 2　P 58

❶ 銀行員
　　銀行員、公務員
❷ 教師
　　教師、歌手
❸ 歌手
　　歌手、主婦

■ 會話練習　（回答例）　P 59

❶ 林さんは中国人ですか
　　はい、中国人です。
　　いいえ、中国人じゃありません。日本人
　　です。
❷ 林さんは大学生ですか
　　はい、大学生です。
　　いいえ、大学生じゃありません。会社員
　　です。
❸ 林さんは会社員ですか
　　はい、会社員です
　　いいえ、会社員じゃありません。主婦で
　　す。
❹ はい、春です。
　　いいえ、春じゃありません。冬です。

❺ はい、秋です。
　　いいえ、秋じゃありません。夏です。

■ 應用練習（回答例）P 60

A はじめまして、林です。
B はじめまして、鈴木です。
A どうぞ よろしく おねがいします。
B こちらこそ、どうぞ よろしく おねがいし
　ます。
A 鈴木さんは会社員ですか。
B はい、会社員です。
　林さんも会社員ですか。
A いいえ、私は 会社員じゃ ありません。
　主婦です。

■ 造句練習 P 61

❶ 私は 学生です。
❷ 彼は 日本人です。
❸ 彼女も 会社員ですか。
❹ 私も 医者じゃ ありません。
❺ 先生は 台湾人じゃ ありません。

■ 挑戦 JLPT！ P 62

❶ 3   ❷ 2   ❸ 2   ❹ 3   ❺ 4

Lesson 5

■ 練習 1　P 71

❶ A それは何です。
　 B これは携帯です。
❷ A これは何ですか。
　 B それは雑誌です。
❸ A あれは何ですか。
　 B あれは富士山です。

■ 練習 2　P 72

❶ A これは誰のかさですか

B　そのかさは私のです。
❷A　これは誰のかばんですか。
　B　そのかばんは先生のです。
❸A　これは何の雑誌ですか。
　B　それは日本語の雑誌です。

■ 應用練習（回答例）　P 73

A　それは なんですか。
B　これはかさです。
A　それは だれのかさですか。
B　このかさは わたしのです。
A　あのかさも林さんのですか。
B　いいえ、あれは わたしのじゃ ありません。鈴木さんのです。

■ 造句練習　P 75

❶ これは 誰の 靴ですか。
❷ それは 何の 本ですか。
❸ あの 人は 私の 友達です。
❹ この 傘は 私のです。
❺ あれは 私の 時計じゃ（では）ありません。先生のです。

■ 挑戰 JLPT ！　P 76

❶ 3　❷ 4　❸ 1　❹ 2　❺ 1

Lession 6

■ 練習　P 86

❶B　今、7時です。
❷B　今、9時5分です。
❸B　今、8時10分です。
❹B　今、5時25分です。
❺B　今、2時30分です。
❻B　今、12時です。

■ 會話練習（回答例）　P 87

❶ 林さん，0955-123-785 です。
❷ 午前9時から午後3時までです。
❸ 今、9時半です。

■ 應用練習（回答例）　P 87

A　あの、林さん、今、何時ですか。
B　えっと、9時25分です。次の授業は何時からですか。
A　10時からです。陳さんは？
B　私は10時から12時までです。

■ 造句練習　P 88

❶ 今 何時ですか。
❷ 3時20分です。
❸ 授業は 午前9時から 11時までです。
❹ 試験は 午後2時からです。
❺ 今は4時10分です。

■ 挑戰 JLPT ！　P 89

❶ 4　❷ 3　❸ 4　❹ 3　❺ 2

Lession 7

■ 練習　P 99

❶ 7月8日、木曜日
❷ 7月6日、火曜日

■ 會話練習（回答例）　P 100

❶ 金曜日です。
❷ 6月15日です。
❸ 7月23日です
❹ 冬休み
　2月4日からです。

■ 應用練習　P 101

❶A　今日は何曜日ですか。
　B　金曜日です。
　A　じゃ、あしたは土曜日ですね。
❷A　林さん、誕生日はいつですか。
　B　10 月 10 日です。
　A　え？明日ですね。林さん、お誕生日、
　　おめでとうございます。

■ 造句練習　P 102

❶ 今日は何曜日ですか。
❷ 誕生日はいつですか。
❸ 試験はいつからいつまでですか。
❹ 明日は 9 月はつか月曜日です。
❺ お誕生日おめでとうございます。

■ 挑戰 JLPT !　P 103

❶ 2　❷ 3　❸ 4　❹ 4　❺ 1

Lession 8

■ 練習　P 113

❶　860 円です。
❷　980 円です
❸　1300 円です
❹　340 円です
❺　730 円です。

■ 應用練習（回答例）　P 114

A　いらっしゃいませ。
B　あの、すみません。この定食はいくらで
　すか。
A　1300 円です。
B　うどんはいくらですか。
A　280 円です。
B　じゃ、定食をひとつとうどんをふたつく
　ださい。
A　はい、全部で 1580 円です。

■ 造句練習　P 115

❶ いらっしゃいませ。

■

❷ この本はいくらですか。
❸ 何歳ですか。／おいくつですか。
❹ あの時計は 6 千 3 百円です。
❺ じゃ、うどんととんかつをください。

■ 挑戰 JLPT !　P 116

❶ 2　❷ 4　❸ 3　❹ 4　❺ 1
❻ 1　❼ 2

Lession 9

■ 練習 1　P 130

❶ 難しいです。
　難しくありません。
❷ いいです。
　よくありません。
❸ 有名です。
　有名じゃありません。
❹ きれいです。
　きれいじゃありません。

■ 練習 2　P 131

❶ はい、おいしかったです。
　いいえ、おいしくなかったです。
❷ はい、元気でした。
　いいえ、元気じゃなかったです。
❸ はい、にぎやかでした。
　いいえ、にぎやかじゃなかったです。
❹ はい、良かったです。
　いいえ、良くなかったです。

■ 會話練習（回答例）　P 132

❶ あまり難しくないです。
❷ とてもおいしかったです。
❸ とてもおもしろかったです。
❹ あまり良くなかったです。

■ 應用練習　P 133

A　林さん、日本語の勉強はどうですか。
B　とても難しいです。
　鈴木さん、中国語の授業はどうですか。

A おもしろいです 。
　 でも、ちょっと 難しいです 。
B そうですか。中国語の 先生は 優しいです
　 か 。
A はい、優しいです 。

■ 造句練習　P 134
❶ 今日は 暑いです 。
❷ この 本は とても 面白いです 。
❸ 日本語は あまり 難しく ありません 。
❹ この 店は 静かです 。
❺ あの 人は きれいです 。
　 でも 親切じゃ ありません 。

■ 挑戰 JLPT ！　P 135
❶ 2　　❷ 1　　❸ 2　　❹ 3　　❺ 4
❻ 3　　❼ 3

Lession 10

■ 練習 1（回答例）　P 146
❶ 高い
❷ にぎやかな
❸ きれいな
❹ 元気な

■ 練習 2（回答例）　P 147
❶ いぬ、ねこ　→　　ねこ
❷ ごはん、パン　→　　パン
❸ 日本語、英語　→　　英語
❹ ギター、ピアノ　→　　ピアノ

■ 會話練習（回答例）　P 148
❶ 優しい 人が 好きです 。
❷ うどんが 好きです 。
❸ 犬が 嫌いです 。

■ 應用練習　P 149
A 林さんは どんな音楽が 好きですか 。
B 激しい 音楽が 好きです 。
A 私もです。スポーツは 何が 好きですか 。
B そうですね。テニスが 好きです。鈴木さ
　 んは？
A 私はテニスより卓球の方が好きです 。
B 私も卓球が好きです。でも、あまり上手
　 じゃありません 。

■ 造句練習　P 150
❶ 私は ラーメンが 好きです 。
❷ 私は 虫が 嫌いです 。
❸ 私は 英語が 上手です 。
❹ 私は 歌が 下手です 。

■ 挑戰 JLPT ！　P 151
❶ 3　　❷ 4　　❸ 2　　❹ 3　　❺ 1

索引

附録—索引

國家圖書館出版品預行編目 (CIP) 資料

讚！日文初學 20 堂課：從五十音進擊日文 (寂天雲
隨身聽 APP 版)/ 甘英熙，三浦昌代，佐伯勝弘，
佐久間司朗，青木浩之著；關亭薇譯 . -- 初版 . --
臺北市：寂天文化事業股份有限公司, 2021.01 印刷
　　面；　　公分
譯自：일본어뱅크 좋아요 일본어 1

ISBN 978-986-318-970-1(16K 平裝)

1. 日語 2. 讀本

803.18　　　　　　　　　110000211

讚！日文初學 20 堂課 1
—— 從五十音進擊日文

作　　　者	甘英熙／三浦昌代／佐伯勝弘／佐久間司朗／青木浩之
審　　　訂	田中結香
譯　　　者	關亭薇
編　　　輯	黃月良
校　　　對	洪玉樹
排　　　版	謝青秀
製程管理	洪巧玲
出 版 者	寂天文化事業股份有限公司
發 行 人	黃朝萍
電　　　話	(02)2365-9739
傳　　　真	(02)2365-9835
網　　　址	www.icosmos.com.tw
讀者服務	onlineservice@icosmos.com.tw

일본어뱅크 좋아요 일본어 1
Copyright © 2017 by KAM YOUNG HEE & MIURA MASAYO & SAIKI KATSUHIRO &
SAKUMA SHIRO & AOKI HIROYUKI
All rights reserved.
Traditional Chinese copyright © 2021 by Cosmos Culture Ltd.
This Traditional Chinese edition was published by arrangement with Dongyang Books
Co., Ltd. through Agency Liang

Copyright 2021 by Cosmos Culture Ltd.
版權所有　請勿翻印

出版日期　2024 年 04 月　初版再刷 （寂天雲隨身聽 APP 版）(0106)
郵撥帳號　1998-6200　寂天文化事業股份有限公司
‧ 訂書金額未滿 1000 元，請外加運費 100 元。
〔若有破損，請寄回更換，謝謝。〕